– 50

ein Ullstein Buch

D1857760

ein Ullstein Buch
Nr. 2630
im Verlag Ullstein GmbH,
Frankfurt/M – Berlin – Wien
Aus dem Englischen übersetzt
von Hans Herlin

Gesammelte Werke
in Einzelausgaben,
herausgegeben von Nino Erné

Umschlagentwurf:
Hansbernd Lindemann

Printed in Germany 1982
Gesamtherstellung:
Ebner Ulm
ISBN 3 548 02630 3

August 1982
86.–90. Tsd.

Vom selben Autor
in der Reihe der
Ullstein Bücher:

Der Hund von Baskerville (2602)
Studie in Scharlachrot (2655)
Das Tal der Furcht (2719)
Im Zeichen der Vier (2744)
Die brasilianische Katze (2779)
Sherlock Holmes
und sein erster Fall (20004)
Sherlock Holmes und der
verschwundene Bräutigam (20012)
Sherlock Holmes und der
bleiche Soldat (20020)
Sherlock Holmes und die
gefährliche Erbschaft (20028)
Sherlock Holmes und der
Einbrecher im Frack (20037)
Sherlock Holmes und die Spuren
im Moor (20048)
Sherlock Holmes und
der Teufelsfuß (20057)

Sir Arthur Conan Doyle

Sherlock Holmes' Abenteuer

Klassische Kriminalerzählungen

Herausgegeben von Nino Erné

ein Ullstein Buch

Vorwort

Sherlock Holmes ist mehr als eine erdichtete Figur: er ist eine Persönlichkeit. Über ihn gibt es eine ganze Literatur einschließlich einer umfangreichen »Biographie«. Im Geist seiner Bewunderer hat er gelebt – wie der edle Ritter Don Quichotte gelebt hat. Seine hochaufgeschossene, magere Silhouette, deren energisches Profil von Schirmmütze, Hakennase und Shagpfeife bestimmt ist, zeichnet sich noch heute, wenn es Nacht wird und die Laternen aufflammen, plötzlich auf der Mauer irgendeines Londoner Hauses ab. Sherlock Holmes entglitt seinem Autor – und verfolgte ihn wie ein Detektiv den Mörder. Denn Conan Doyle hatte Holmes umbringen wollen und ihn – in der letzten Geschichte der Memoiren – in einen Wasserfall stürzen lassen, um endlich seiner ledig zu sein. Vergebliches Unterfangen: Holmes konnte nicht sterben. Das Publikum stand auf wie ein Mann und gab so lange seiner Empörung Ausdruck, bis der Autor seinen Helden nachträglich aus den Fluten rettete. Das war im Oktober 1903, und ein neuer »Fall« konnte in der Zeitschrift »Strand« aufgerollt und mit gewohnter Brillanz gelöst werden. Als die Nummer der Zeitschrift erschien, standen bereits riesige Schlangen vor den Buchläden ...

Sherlock Holmes lebte. Und er wurde immer lebendiger. Während des ersten Weltkrieges wollte ein französischer General seinen militärischen Rang wissen. (Conan Doyle wurde etwas verlegen.) Holmes' Art, eine verblüffende Antwort zu geben und damit einen Denkprozeß sozusagen mit Kurzschluß zu beenden, führte zu dem Begriff »Sherlockismus«. Es wurde Mode, Sherlockismen in seine Rede zu mischen. Man richtete »Sherlock Holmes' Zimmer« in der Baker Street ein, und da es die berühmte Nr. 221 B nicht gab (und nie gegeben hatte), behalf man sich mit der Nr. 111. Unzählige Besucher aus aller Welt kamen und betrachteten gerührt die alten Nachschlagewerke, in denen Holmes sich informiert hatte, und seinen Geigenkasten – von der Pfeife zu schweigen. Jetzt gibt es in London sogar ein Gasthaus »Sherlock Holmes«, in dem man vor dem Kopf des Hundes von Baskerville erschrecken und mit wohligem Schauer die in einem Glas konservierte Schlange betrachten kann – deren Bekanntschaft der Leser des vorliegenden Bandes bald machen wird. Nein, Sherlock Holmes ist »nicht totzukriegen«. Er ist unsterblich.

Wer aber war Sir Arthur Conan Doyle?
Wenige unter denen, die heute leben, haben ihn noch selbst gekannt und können sich an diesen in jedem Sinne »überdimensionalen« Menschen erinnern. Sir Winston Churchill gehörte dazu, mit dem er in der »Pilgrim's Society« freundschaftlich verbunden war und der noch lange Zeit später bekannt hat, welche Bewunderung er dem älteren Gefährten entgegenbrachte. Conan Doyle starb im Jahre 1930. Geboren wurde er am 22. Mai 1859. Er, der Beschwörer Londoner Regennächte und düsterer Verbrechen an der Themse, war seiner Abstammung nach Ire und kam in Edinburgh, der Hauptstadt Schottlands, zur Welt. Von seinem Vater, Charles Altamont Doyle, dessen Gemälde nach Shaws Meinung in jeder Nationalgalerie einen Saal für sich beanspruchen könnten, erbte er sein schöpferisches Temperament; von der Mutter, die aus der herzoglichen Familie Percy of Northumberland stammte, den Sinn für Ritterlichkeit, Heraldik, Vergangenheit. (Conan Doyle hat sein Leben lang mehr Liebe für seine historischen Romane gehabt als für die Detektivgeschichten – und doch ist Holmes ein Gentleman und auf seine Weise ein fahrender Ritter, der den Schwachen und Bedrängten zu Hilfe eilt.)
Sir Arthur besuchte die Universität und wurde Arzt, wie später der gute Watson. Doch blieb dies nur ein Teil, vielleicht der geringste, seiner Wirksamkeit. Der bizarre Reichtum seines Wesens und seiner Talente war unerschöpflich. Schon sein Äußeres muß imponierend gewesen sein. Den »guten Riesen« nannten ihn die Franzosen, »le bon géant«, und Jerome K. Jerome, der Autor des humoristischen Romans *Drei Mann in einem Boot*, rief aus: »Big-bodied, big-hearted, big-souled Conan Doyle!« Ein Mann also mit gewaltigem Körper, großem Herzen und großer Seele.

Für seine Grafschaft spielte er Kricket und Fußball, er machte sich einen Namen bei den britischen Amateur-Billard-Meisterschaften und zählte zu den besten Schwergewichtsboxern seiner Zeit, wie man in der einschlägigen Presse nachlesen kann. 1893 brachte er den Schweizern das Skilaufen bei, wofür ihm eigentlich heute die Hotels der berühmten Wintersportplätze ein Denkmal setzen sollten. 1914 organisierte Sir Arthur Conan Doyle das englische Freiwilligen-System, aus dem später die British Home Guard hervorging. Ein Jahr zuvor hatte er in einer Kurzgeschichte, *Gefahr*, die U-Boot-Taktik vorausgesehen und vor ihr gewarnt – allerdings vergebens, wie Admiral von Kappel 1916 im Reichstag feststellen konnte. Conan Doyle schrieb auch eine sechsbändige Geschichte des ersten Weltkrieges, wie er vorher eine des Burenkrieges geschrieben hatte.
Doch seine besten Fähigkeiten, sein eigentliches Genie konzentrierten sich auf die Entwicklung neuer Polizeimethoden, die Auflösung schwieriger Kriminalfälle. Es gab da einen Slater-Mordfall und eine Edalji-Affäre, die er auf dieselbe Weise und ebenso glänzend löste, wie es Sherlock Holmes getan hätte. Wieder und wieder rettete er unschuldig Verurteilte. Auf ihn geht die Verwendung von Gipsmörtel zur Sicherung von Spuren zurück, die chemische Untersuchung des Staubes auf Kleidungsstücken, durch die unter Umständen Beschäftigung und Wohnort des Trägers identifiziert werden können, schließlich die Unterscheidung verschiedener Tabakssorten auf Grund zurückgebliebener Asche. Die britische Justiz erfuhr durch ihn einschneidende Veränderungen; die Pariser »Sûreté Générale«, das indische Polizeiministerium zollten Conan Doyle ihren Dank; in der chinesischen und der ägyptischen Polizei las man seine Werke als Lehrbücher. W. J. Burns, der aus der Schule Pinkertons stammte und dann später selbst das größte Detektivunternehmen der Welt leitete, hat erklärt, Conan Doyle habe sich als der schärfste analytische Verstand des Jahrhunderts erwiesen. Und J. E. Hoover, Chef des FBI, gab gern zu, daß das »Federal Bureau of Investigation« Conan Doyles Methoden vollständig übernommen hat.

So betrachtet, gewinnt die Gestalt Sir Arthur Conan Doyles eine Lebendigkeit, die hinter der seines berühmtesten Helden nicht zurücksteht. Und es zeigt sich, daß er der legitime Ahnherr unzähliger Detektive, Inspektoren und Kommissare ist, die über das wirkliche Pflaster von London, Paris und Hollywood zum Tatort eilen, oder aber durch die Seiten eines Romans von Edgar Wallace, Agatha Christie, Dashiell Hammett und Raymond Chandler der Lösung zustreben. Conan Doyle selbst nahm es Holmes immer etwas übel, daß sich dessen Kriminalfälle größerer Beliebtheit erfreuten als die historischen Romane um *Sir Nigel* oder den Brigadier Gérard. Und doch hat er einmal in einer schwachen Stunde einem amerikanischen Journalisten gestanden: »Ich gebe ja zu ... wenn irgend jemand Sherlock Holmes ist, dann bin ich es.«

Nino Erné

Skandal in Böhmen

Für Sherlock Holmes war sie *die* Frau. Ich kann mich nicht erinnern, daß er sie jemals anders genannt hätte. In seinen Augen überragte sie ihr ganzes Geschlecht, und dabei empfand er Irene Adler gegenüber auch nicht im entferntesten etwas, das dem Gefühl der Liebe nahekäme. Gefühle, und dieses vor allem, verabscheute sein kühler, exakter und bewundernswert klarer Geist. Er war die perfektionierteste Denk- und Beobachtungsmaschine, die die Welt gesehen hat, aber als Liebhaber hätte er seine Rolle verfehlt. Es gab nur eine Frau für ihn, und diese Frau war Irene Adler.

Ich sah Holmes selten in jenen Tagen. Durch meine Heirat waren wir uns fast etwas fremd geworden. Ich war glücklich, und dieses Glück ließ mir für nichts anderes Zeit; Holmes jedoch, der alle Fesseln mit einer Besessenheit des Bohemiens haßte, bewohnte weiterhin unsere Räume in der Baker Street und vergrub sich in seine Bücher. Die Analyse von ungeklärten Verbrechen hielt ihn in ihrem Bann, und mit seinem außergewöhnlichen Scharfsinn und seiner überragenden Beobachtungsgabe verfolgte er jene Spuren und Fälle, die von der Polizei längst aufgegeben worden waren. Von Zeit zu Zeit hörte ich etwas über seine Erfolge, aber außer den Beweisen für seine Tätigkeit, die ich mit Millionen Lesern aller Tageszeitungen teilte, wußte ich nur wenig von meinem früheren Freund und Gefährten.

Eines Nachts fuhr ich von einem Krankenbesuch nach Hause – ich hatte mich als praktischer Arzt niedergelassen –, als mich mein Weg durch die Baker Street führte. An der wohlvertrauten Tür überwältigte mich der Wunsch, Holmes wiederzusehen und zu erfahren, welchen Problemen er gerade zu Leibe ging. Seine Fenster waren hell erleuchtet, und als ich hochblickte, sah ich seine hochgewachsene schmale Gestalt einige Male als klar umrissenes Schattenbild hinter dem Vorhang auf und ab wandern. Er ging rasch und angeregt durch den Raum, den Kopf hatte er auf die Brust gelegt und die Hände auf dem Rücken gefaltet; mir, der ich jede seiner Stimmungen und Gewohnheiten kenne, sagten seine Haltung und sein Benehmen genug. Er war wieder an der Arbeit. Ich klingelte und wurde in das Zimmer geführt, das ich früher selbst einmal mit Holmes bewohnt hatte. Seine Begrüßung war nicht gerade überschwenglich; Gefühle zu zeigen, das lag ihm, wie gesagt, nicht. Und doch glaube ich, er freute sich, mich wiederzusehen. Ohne ein Wort, aber mit einem freundlichen Blick, deutete er auf einen Sessel. Er warf mir sein Zigarrenetui zu, wies auf Aschenbecher und Feuerzeug. Dann trat er an das offene Fenster und musterte mich mit der ihm eigenen, konzentrierten Aufmerksamkeit, der offenbar nichts entging.

»Die Ehe bekommt dir«, sagte er. »Ich glaube, Watson, du hast bestimmt sieben und ein halbes Pfund angesetzt, seit ich dich zum letztenmal gesehen habe.«

»Sieben«, antwortete ich.

»Tatsächlich? Ich hätte etwas mehr geschätzt. Und wieder in der Praxis, wie ich sehe. Du hast mir verschwiegen, daß du dich wieder in die Arbeit gestürzt hast.«

»Und woher, bitte, weißt du das?«

»Ich sehe es! Woher wüßte ich sonst, daß du vor kurzem von einem Regenschauer überrascht wurdest und außerdem zu Hause ein ungeschicktes und nachlässiges Dienstmädchen hast?«

»Mein lieber Holmes«, sagte ich, »das ist zuviel. Wenn du ein paar Jahrhunderte früher gelebt hättest, wärest du bestimmt auf dem Scheiterhaufen verbrannt worden.« Er lachte in sich hinein und rieb seine langen Hände. »Das ist keine Hexerei«, sagte er. »Ich verlasse mich auf das, was ich sehe, und ich sehe auf der Innenseite deines linken Schuhs sechs beinahe parallele Schnitte im Oberleder. Nun überlege selbst: Ganz offensichtlich sind sie von jemandem verursacht worden, der äußerst nachlässig den Rand der Sohle abkratzt, um dick verkrusteten Schmutz zu entfernen. Daher mein doppelter Schluß, einmal, daß du bei schlechtem Wetter unterwegs warst, und zum andern, daß du ein auffallend bösartiges, stiefelschlitzendes Exemplar der Londoner Hausmädchen in Dienst hast. Und was die Praxis betrifft, lieber

Watson – wenn ein Herr, nach Jodoform duftend, mit einem schwarzen Silbernitratfleck auf seinem rechten Zeigefinger und einer ausgebeulten Manteltasche, die verrät, wo er sein Stethoskop versteckt hält, in meine Wohnung kommt, muß ich ja ein Dummkopf sein, wenn ich ihm nicht auf den Kopf zusage, daß er ein praktizierendes Mitglied der ärztlichen Zunft ist.«
Ich konnte mir ein Lachen nicht verkneifen, das doch auch voller Bewunderung war. »Wenn ich deine Begründung höre«, sagte ich, »scheint mir die ganze Sache immer lächerlich einfach. Dann meine ich, auch ich könnte dies mit Leichtigkeit zuwege bringen, und doch bleibt es mir jedesmal aufs neue völlig rätselhaft, wie du es anstellst, bis du mir dann den Denkprozeß erklärst. Dabei bin ich davon überzeugt, daß meine Augen genauso gut sind wie die deinen.«
»Völlig richtig.« Er zündete sich eine Pfeife an und ließ sich in einen Sessel fallen. »Du siehst zwar, aber du beobachtest nicht. Der Unterschied ist klar. Du hast zum Beispiel die Treppen, die vom Vorplatz zu diesem Zimmer führen, viele Male gesehen.«
»Viele Male.«
»Wie oft?«
»Einige hundertmal, glaube ich.«
»Wie viele Stufen also sind es?«
»Wie viele? Das kann ich nicht sagen.«
»Eben. Du hast sie nicht beachtet. Und doch hast du sie gesehen. Darauf will ich ja hinaus. Übrigens sind es siebzehn. Da dich diese kleinen Probleme interessieren und du dir die Mühe machtest, ein paar meiner unbedeutenden Erlebnisse aufzuzeichnen, interessiert dich vielleicht auch dies.« Er reichte mir einen rosarot getönten, schweren Briefbogen herüber, der offen auf dem Tisch gelegen hatte.
»Das kam mit der letzten Post«, sagte er. »Lies es. Laut, bitte!«
Der Brief war undatiert und hatte weder Unterschrift noch Anrede.
»Heute abend um drei Viertel acht Uhr«, las ich, »wird Sie ein Herr besuchen, der in einer äußerst wichtigen Angelegenheit Ihren

Rat erbittet. Die Untersuchungen, die Sie erst kürzlich für eine der königlichen Familien Europas durchgeführt haben, sind ein Beweis dafür, daß man Ihrer Diskretion Angelegenheiten von alleräußerster Wichtigkeit anvertrauen kann. Diese Vertrauenswürdigkeit wurde Ihnen von allen Seiten zugesprochen. Erwarten Sie den Herrn zur angegebenen Stunde in Ihren Räumen, und stoßen Sie sich nicht daran, wenn der Besucher eine Maske trägt.«

»Das klingt ja schrecklich geheimnisvoll«, sagte ich kopfschüttelnd. »Was, glaubst du, steckt dahinter?«

»Ich kenne bisher auch nur den Brief. Den größten Fehler macht man, wenn man theoretisiert, ehe man Einzelheiten kennt. Man beginnt, ganz unbewußt, mit den Tatsachen zu jonglieren, daß sie der aufgestellten Theorie entsprechen, anstatt die Theorien den Tatsachen anzupassen. Aber der Brief an sich – was sagt er dir?«

Ich untersuchte sorgfältig die Schrift und das Papier. »Der Schreiber ist vermutlich sehr wohlhabend«, sagte ich dann und versuchte, meinen Gedankengang dem Vorbild Holmes' anzupassen. »Das Papier ist gewiß nicht billig. Es ist eigenartig dick und steif.«

»Eigenartig – das ist genau das richtige Wort«, sagte Holmes. »Das Papier stammt keinesfalls aus England. Halte es gegen das Licht.«

Das tat ich und erkannte die Wasserzeichen. Ein großes E mit einem kleinen g, ein P und ein großes G mit einem kleinen t.

»Was schließt du daraus?« fragte Holmes.

»Zweifellos der Name des Schreibers, oder eher noch sein Monogramm.«

»Keineswegs. Das große G mit dem kleinen t steht für Gesellschaft. P steht natürlich für Papier. Nun das E g. Nehmen wir uns das geographische Lexikon vom Kontinent vor.« Er zog einen schweren braunen Band aus dem Regal. »Eglow, Eglowitz – hier sind wir schon, Eger. Das ist Böhmen, nicht weit von Karlsbad. ›Berühmt als die Stadt, in der Wallenstein seinen Tod fand; ferner durch zahlreiche Glasbläsereien und Papiermühlen.‹ Was also schließt du daraus?« Seine Augen funkelten, und er schickte eine triumphierende blaue Rauchwolke aus seiner Pfeife in die Luft.

»Das Papier wurde in Böhmen hergestellt«, sagte ich.
»Zweifellos. Und der Mann, der diesen Brief schrieb, ist ein Deutscher oder Österreicher. Beachte die eigenartige Satzkonstruktion – ›Diese Vertrauenswürdigkeit wurde Ihnen von allen Seiten zugesprochen.‹ Weder ein Franzose noch ein Russe hätte das so geschrieben. Wir brauchen also nur noch herauszufinden, was dieser Deutsche will, der auf böhmischem Papier schreibt und eine Maske trägt, um sein Gesicht nicht zu zeigen.«
Bei diesen Worten waren schon der harte Aufschlag von Pferdehufen und das Geräusch von Rädern, die am Bordstein schürften, zu hören. Holmes pfiff durch die Zähne.
»Dem Klang nach ein Gespann«, sagte er. »Ja«, bestätigte er, als er aus dem Fenster blickte. »Ein hübsches kleines Kupee und ein Paar Prachtpferde. Davon ist jedes hundertfünfzig Guineas wert. In diesem Fall steckt Geld, Watson, wenn nicht noch mehr.«
»Ich gehe wohl besser, Holmes«, sagte ich.
»Nicht doch, Doktor«, sagte er. »Bleib. Ohne meinen Eckermann bin ich verloren. Der Fall verspricht interessant zu werden. Es wäre doch eine Sünde, das zu verpassen.«
»Aber dein Klient ...«
»Das soll uns nicht kümmern. Vielleicht werde ich deine Hilfe brauchen. Da kommt er schon. Setz dich in diesen Sessel, und widme uns deine Aufmerksamkeit.« Ein langsamer, schwerer Schritt, der schon von der Treppe und vom Flur her zu hören gewesen war, verhielt vor der Tür. Dann ertönte ein lautes und herrisches Klopfen.
»Herein!« sagte Holmes.
Ein Mann betrat das Zimmer, der wohl fast ein Meter und neunzig groß war. Seine Kleidung war prunkvoll, und ein konservativer Engländer hätte sie vielleicht geschmacklos genannt. Kragen und Ärmelaufschläge seines Jacketts waren aus schwerem Astrachan, und der nachtblaue Umhang, den er über die Schulter geworfen trug, war mit flammend roter Seide gefüttert. In der Hand hielt er einen breitrandigen Hut. Seine obere Gesichtshälfte war von einer schwarzen Seidenmaske verhüllt. »Haben Sie meinen

Brief erhalten?« fragte er mit einer rauhen tiefen Stimme und stark österreichischem Akzent. »Ich schrieb, daß ich kommen würde.« Er blickte von einem zum andern, als ob er nicht sicher sei, an wen er sich wenden sollte.

»Bitte, nehmen Sie Platz«, sagte Holmes. »Das ist mein Freund Doktor Watson, der gelegentlich die Güte hat, mir bei meinen Fällen zu helfen. Mit wem habe ich die Ehre?«

»Nennen Sie mich Graf Kramm. Ich darf wohl annehmen, daß dieser Herr, Ihr Freund, ein Mann von Ehre und Diskretion ist, dem ich eine Angelegenheit von äußerster Wichtigkeit anvertrauen kann. Wenn nicht, dann würde ich es doch vorziehen, mit Ihnen allein zu verhandeln.«

Ich erhob mich, um zu gehen, aber Holmes packte meine Hand und schob mich in den Stuhl zurück. »Entweder mit beiden oder keinem«, sagte er. »Sie können vor diesem Herrn ganz offen sprechen.«

Der Graf hob die Schultern. »Dann muß ich damit beginnen«, sagte er, »Sie um absolute Geheimhaltung der Sache für zwei Jahre zu ersuchen. Augenblicklich kann ich nur so viel sagen: Die Angelegenheit ist von einer Bedeutung, daß sie unter Umständen den Lauf der europäischen Geschichte beeinflussen könnte.«

»Ich verspreche es«, sagte Holmes.

»Entschuldigen Sie diese Maske«, fuhr unser seltsamer Besucher fort. »Derjenige, in dessen Diensten ich stehe, legt Wert darauf, daß selbst sein Abgesandter Ihnen unbekannt bleibt. Auch der Titel, das möchte ich gleich sagen, unter dem ich mich Ihnen vorgestellt habe, ist nicht unbedingt mein eigener.«

»Das war mir klar«, sagte Holmes trocken.

»Die Umstände verlangen größte Diskretion. Die Folgen wären unausdenkbar und könnten eines der gekrönten Häuser Europas ernstlich kompromittieren. Geradeheraus gesagt, die Sache betrifft den Herzog von ...«

»Auch das war mir klar«, schnitt Holmes ihm das Wort ab, lehnte sich in seinen Sessel zurück und schloß die Augen.

Unser Besucher warf einen Blick unverhüllten Erstaunens auf die so unbeteiligt wirkende Gestalt des Mannes, der ihm als der berühmteste Detektiv Europas geschildert worden war. Langsam schlug Holmes die Augen wieder auf und warf einen ungeduldigen Blick auf seinen Klienten.

»Wenn Eure Durchlaucht sich herablassen würden, endlich Angaben zu dem Fall zu machen«, sagte er, »dann wäre es mir leichter, Sie zu beraten.«

Der Mann sprang auf und lief mit großen Schritten im Zimmer auf und ab. Dann riß er sich mit einer verzweifelten Geste die Maske vom Gesicht und warf sie auf den Boden. »Sie haben ganz recht. Ich bin der Herzog. Weshalb sollte ich denn versuchen, das zu verbergen?«

»Wirklich: weshalb?« murmelte Holmes. »Eure Durchlaucht hatten noch nicht zu sprechen begonnen, als mir das bereits klar war.«

»Aber Sie werden verstehen«, sagte unser seltsamer Besucher und setzte sich wieder, »Sie werden verstehen, daß ich es nicht gewohnt bin, solche Dinge persönlich zu erledigen. Aber die Angelegenheit ist so delikat, daß ich mich nicht einem Agenten anvertrauen konnte, ohne mich ihm völlig auszuliefern. Ich bin inkognito von Prag hierhergekommen, um Sie zu konsultieren.«

»Dann konsultieren Sie mich bitte«, sagte Holmes, und wieder schloß er die Augen.

»Die Sache ist schnell erzählt: Vor ungefähr fünf Jahren machte ich während eines längeren Besuches in Warschau die Bekanntschaft der allseits bekannten Abenteuerin Irene Adler. Der Name ist Ihnen zweifellos bekannt.«

»Sei so freundlich, Doktor, und schlag in meinem Index nach«, murmelte Holmes, ohne die Augen zu öffnen. Seit vielen Jahren schon führte er Buch über Menschen und Dinge, die irgendwann einmal ins Scheinwerferlicht der Öffentlichkeit getreten waren. Sein Archiv war so lückenlos, daß es nur selten etwas gab, über das er sich nicht sofort aus seinen Akten informieren konnte. Auch in diesem Fall fand ich nach kurzem Suchen ihre Biographie.

»Laß mich mal sehen«, sagte Holmes. »Hm! Irene Adler, geboren in New Jersey im Jahre ... Koloratur – hm! La Scala – hm!

Primadonna der Königlichen Oper in Warschau – na bitte! Von der Bühne abgetreten. Lebt in London.« Er blickte auf. »Eure Durchlaucht ließen sich also mit dieser jungen Dame ein, schrieben ihr ein paar kompromittierende Briefe und wünschen nun, diese Briefe zurückzubekommen.«

»Das stimmt, aber . . .«

»Wurde eine heimliche Ehe geschlossen?«

»Nein.«

»Keine offiziellen Papiere oder Urkunden?«

»Nein.«

»Dann kann ich Euer Durchlaucht nicht ganz folgen. Wenn diese junge Dame Ihre Briefe zu einer Erpressung oder zu anderen Zwecken benützen sollte, wie kann sie deren Echtheit beweisen?«

»Da ist meine Handschrift.«

»Ach – Fälschung!«

»Mein privates Briefpapier.«

»Gestohlen.«

»Mein Siegel.«

»Imitiert.«

»Meine Fotografie.«

»Gekauft.«

»Wir sind beide auf dem Bild!«

»Oh, das ist schlimm! Eure Durchlaucht haben wirklich eine Indiskretion begangen.«

»Ich war verrückt – wahnsinnig. Ich war jung. Ich bin jetzt erst knapp dreißig.«

»Das Bild muß sichergestellt werden.«

»Wir haben es versucht – ohne Erfolg.«

»Dann zahlen Eure Durchlaucht eben. Es muß gekauft werden.«

»Sie will es nicht verkaufen.«

»Dann muß es gestohlen werden.«

»Es wurden fünf Versuche unternommen. Bezahlte Einbrecher haben zweimal ihr Haus durchsucht. Einmal bemächtigten wir uns ihres Gepäcks, als sie verreiste. Zweimal wurde sie unterwegs überfallen. Alles ohne Erfolg.«

»Nichts gefunden?«
»Gar nichts.«
Holmes lachte. »Das ist ja ein ganz reizendes kleines Problem«, sagte er.
»Für mich ein sehr ernstes«, erwiderte der Herzog stirnrunzelnd.
»Allerdings. Und was beabsichtigt sie mit dem Bild zu tun?«
»Mich zu ruinieren.«
»Wie?«
»Ich will mich in Kürze verheiraten.«
»Davon hörte ich.«
»Mit einer Tochter des Königs von Schweden. Die strengen Prinzipien dieser Familie sind Ihnen wohl bekannt. Bereits der Schatten eines Zweifels an meiner Vergangenheit würde diese Ehe in Frage stellen.«
»Und Irene Adler?«
»Sie drohte, der Familie das Bild zu schicken. Und das wird sie auch tun. Ich weiß, daß sie es tun wird. Sie kennen sie nicht. Sie hat das Gesicht der schönsten aller Frauen, aber ihr Verstand könnte dem energischsten aller Männer gehören. Es gibt nichts – gar nichts –, was sie nicht tun würde, um zu verhindern, daß ich eine andere Frau heirate.«
»Sind Sie sicher, daß sie es noch nicht abgeschickt hat?«
»Ich bin sicher.«
»Und warum?«
»Sie sagte, sie würde es an dem Tage abschicken, an dem die Verlobung öffentlich bekanntgegeben würde. Und das wird am kommenden Montag geschehen.«
»Dann haben wir ja noch drei Tage Zeit«, sagte Holmes und gähnte. »Das ist sehr günstig. Eure Durchlaucht werden die nächsten Tage wohl in London verbringen?«
»Natürlich. Sie können mich im Hotel Langham erreichen unter dem Namen Graf Kramm.«
»Ich werde Ihnen alles berichten. Ich werde Sie wissen lassen, wie wir vorankommen.« Er lächelte. »Und das Honorar? Wieviel dachten Sie?«

»Sie haben carte blanche.«
»Ohne Einschränkung?«
»Ich sage Ihnen offen, daß ich eine ganze Provinz geben würde, das Bild zurückzuerhalten.«
»Gut. Aber wie ist es mit den sofortigen Auslagen?«
Der Herzog holte eine schwere Chamois-Ledertasche unter seinem Umhang hervor und legte sie auf den Tisch. »Hier sind dreihundert Pfund in Gold und siebenhundert in Banknoten«, sagte er.
Holmes schrieb auf einem Blatt seines Notizbuches die Quittung aus und reichte sie ihm.
»Und Mademoiselles Adresse?« fragte er.
»Briony Lodge, Serpentine Avenue, Saint John's Wood.«
Holmes machte sich eine Notiz. »Eine Frage noch«, sagte er. »Hat das Foto Normalformat oder ist es eine Vergrößerung?«
»Vergrößerung.«
»Dann wünsche ich Ihnen eine gute Nacht, Durchlaucht, und ich hoffe, daß wir Ihnen schon bald eine gute Nachricht zukommen lassen können. – Und auch dir, Watson, eine gute Nacht«, fuhr er fort, als die Räder des Kupees die Straße hinabrollten. »Wenn du mich morgen nachmittag wieder aufsuchen könntest, um drei Uhr? Dann würde ich mich gern mit dir über diese kleine Angelegenheit unterhalten.«
Pünktlich um drei Uhr war ich in der Baker Street, aber Holmes war noch nicht wieder zurück. Seine Wirtin berichtete mir, daß er das Haus kurz nach acht Uhr morgens verlassen hatte. Ich setzte mich neben den Kamin, um auf ihn zu warten, wie lange es auch dauern würde.
Es war schon kurz vor vier Uhr, als sich die Tür öffnete und ein betrunkener Stallbursche mit ungekämmtem Haar, struppigem Backenbart im geröteten Gesicht und abgerissener Kleidung ins Zimmer kam. Ich kannte zwar die ungewöhnliche Verwandlungsfähigkeit meines Freundes, aber ich mußte doch sehr genau hinsehen, ehe ich sicher war, daß ich wirklich Holmes vor mir hatte. Mit einem kurzen Nicken verschwand er im Schlafzimmer, und innerhalb von fünf Minuten kam er zurück, ein Gentleman in

Tweed wie eh und je. Er vergrub die Hände in den Taschen, streckte die Beine vor dem Feuer aus und lachte vor sich hin.
»Ich bin sicher, du hast keine Ahnung, wie ich diesen Morgen verbracht habe und was dabei herausgekommen ist«, sagte er dann.
»Nun, ich nehme an, du hast die Gewohnheiten von Miß Irene Adler herauszufinden versucht und vielleicht ihr Haus beobachtet.«
»Allerdings, wenn auch auf eine recht ungewöhnliche Art. Ich verließ das Haus kurz nach acht Uhr heute früh als arbeitsloser Stallbursche. Briony Lodge hatte ich bald gefunden. Eine reizende Villa in einem Garten, zweistöckig, direkt an der Straße. Sicherheitsschloß an der Tür. Rechts ein großes Wohnzimmer mit hohen Fenstern, die beinahe bis zum Boden reichen. Dahinter nichts von Bedeutung, außer vielleicht der Tatsache, daß das Korridorfenster vom Dach der Remise aus zugänglich ist. Ich ging um das Haus herum und inspizierte es genauestens von allen Seiten, ohne jedoch etwas von Interesse zu finden.
Dann bummelte ich die Straße hinunter und fand, was ich erwartet hatte: einen Pferdestall, der durch eine Gasse, die an einer der Gartenmauer entlangführt, zu erreichen ist. Ich half einem der Pferdeknechte beim Striegeln und verdiente mir dabei zwei Pennies, einen Schnaps, Tabak für zwei Pfeifen und so viel Wissenswertes über Miß Irene Adler, wie ich mir nur wünschen konnte.«
»Und was ist nun mit dieser Irene Adler?«
»Oh, sie hat allen Männern in dieser Gegend den Kopf verdreht. Sie ist das süßeste Wesen auf diesem Planeten, das einen Rock trägt. So erzählt man sich's in den Stallungen an der Serpentine Avenue. Sie lebt zurückgezogen. Sie fährt jeden Tag um fünf Uhr aus und kommt Punkt sieben zum Dinner zurück. Geht sonst nur sehr selten aus, zum Beispiel, wenn sie in Konzerten singt. Empfängt in ihrem Haus nur einen einzigen männlichen Besucher, den aber sehr oft. Er ist dunkel, gut aussehend und temperamentvoll; er kommt jeden Tag einmal vorbei, oft sogar zweimal. Er ist ein gewisser Mr. Godfrey Norton, wohnt Inner Temple.
Es hat Vorteile, wenn man sich mit Stallburschen unterhält. Als ich mir alles angehört hatte, wußte ich genug über ihn. Ich ging

wieder vor Briony Lodge auf und ab, um mir einen Schlachtplan zurechtzulegen. Dieser Godfrey Norton spielt offensichtlich eine wichtige Rolle in der Sache. Er ist Rechtsanwalt. Das ist immerhin ein Fingerzeig. Was verbindet die beiden? Oder wem sonst gelten seine häufigen Besuche? Ist sie seine Klientin? Seine Freundin? Oder seine Geliebte? Trifft das erstere zu, dann hat sie ihm wahrscheinlich das Bild zur Aufbewahrung anvertraut. Wenn das letztere, dann ist das wieder weniger wahrscheinlich. Von dieser Frage also hing es ab, ob ich meine Aufmerksamkeit weiterhin auf Briony Lodge oder aber auf die Räumlichkeiten des Herrn Rechtsanwaltes konzentrieren sollte. Das war eine diffizile Frage, und vor allem, sie erweiterte mein Untersuchungsfeld beträchtlich. Ich fürchte, ich langweile dich mit diesen Details, aber wenn ich dir die Situation verständlich machen soll, muß ich dich in meine Sorgen einweihen.«

»Ich bin ganz Ohr«, sagte ich.

»Ich war noch dabei, das Für und Wider abzuwägen, als eine Droschke vor Briony Lodge hielt. Ein Herr sprang heraus, ein bemerkenswert gut aussehender Mann, dunkel, mit scharfgeschnittenen Zügen – anscheinend der Mann, von dem mir berichtet worden war. Er schien in großer Eile zu sein, rief dem Kutscher zu, er solle warten, und schob das Dienstmädchen, das die Tür öffnete, zur Seite. Seine ganze Art ließ erkennen, daß er hier wie zu Hause war.

Er blieb etwa eine halbe Stunde im Haus. Ich konnte ihn hin und wieder durch die Fenster des Wohnzimmers beobachten. Er ging mit großen Schritten auf und ab, redete voller Erregung und gestikulierte mit beiden Armen. Von Miß Adler konnte ich nichts sehen. Endlich kam er wieder heraus, noch erregter als zuvor. Als er in die Droschke stieg, zog er eine goldene Uhr aus der Tasche. ›Fahr wie der Teufel‹, schrie er zum Bock hinauf, ›erst zu Gross und Hankey in der Regent Street und dann zu Sankta Monika in der Edgware Road. Eine halbe Guniea, wenn du es in zwanzig Minuten schaffst!‹

Ich überlegte, ob ich ihm folgen sollte, als ein hübscher kleiner

Landauer vor dem Haus hielt. Die Räder standen noch nicht still, als auch schon sie zur Haustür herausgeschossen kam. Als sie einstieg, sah ich sie einen Augenblick; sie ist schön, Watson, wunderschön, ich verstehe, daß ein Mann wegen dieser Frau den Kopf verliert.
›Sankta Monika, John!‹ rief sie. ›Einen halben Sovereign, wenn du in zwanzig Minuten dort bist!‹
Die Gelegenheit war gut, zu gut, um sie zu verpassen. Die Frage war nur, ob ich laufen sollte oder auf ihren Landauer hinten aufspringen. Aber da kam eine Droschke die Straße herunter. Der Kutscher blickte dumm, als er seinen schäbigen Fahrgast erblickte, einen Stallburschen; aber ich sprang auf, ehe er protestieren konnte. ›Sankta-Monika-Kirche‹, sagte ich. ›Einen halben Sovereign, wenn Sie in zwanzig Minuten dort sind.‹ Es war fünfundzwanzig Minuten vor zwölf. Mein Kutscher holte alles aus seinen Pferden heraus, aber die anderen waren schneller. Die Droschke und der Landauer standen mit dampfenden Pferden vor dem Portal, als ich ankam. Ich bezahlte den Mann, eilte in die Kirche. Sie war völlig leer, bis auf die zwei, denen ich gefolgt war, und einen Geistlichen, der heftig protestierend auf sie einredete. Sie standen alle drei vor dem Altar.
Ich ging wie von ungefähr den Seitengang entlang. Plötzlich drehten sich die drei vor dem Altar nach mir um, und Godfrey Norton eilte auf mich zu, so schnell es mit der Würde dieses Ortes vereinbar war.
›Gott sei Dank!‹ rief er. ›Sie kommen gerade recht. Ich bitte Sie! Schnell!‹
›Was denn?‹ fragte ich.
›Kommen Sie, Mann, kommen Sie, nur drei Minuten, und dem Gesetz ist Genüge getan.‹
Ehe ich wußte, wie mir geschah, sprach ich auch schon die Worte der Trauordnung nach, die mir ins Ohr geflüstert wurden, bestätigte Dinge, von denen ich nichts wußte – ich half, kurz gesagt, mit, das Fräulein Irene Adler dem Junggesellen Godfrey Norton zu vermählen. In ein paar Minuten war alles vorbei. Sie strahlten

mich an: ein dankbarer Ehemann, eine nicht minder dankbare Ehefrau und ein zufrieden lächelnder Priester. Anscheinend war mit ihren Heiratspapieren irgend etwas nicht ganz in Ordnung gewesen, und der Priester hatte sich rundweg geweigert, sie ohne einen Zeugen zu trauen. Die Braut gab mir einen Sovereign. Ich werde ihn mir an die Uhrkette hängen, zur Erinnerung an diese Stunde.«

»Das war ja eine recht unerwartete Wendung der Dinge«, sagte ich. »Und was nun?«

»Ja, was nun. Das war in meinen Plänen allerdings nicht vorgesehen. Vor allen Dingen mußte ich fürchten, daß unser Paar sofort auf Hochzeitreise gehen würde. Aber vor dem Kirchenportal trennten sie sich. Der Rechtsanwalt fuhr nach Temple zurück, sie zu ihrem Haus. ›Um fünf Uhr wie immer im Park‹, hörte ich sie sagen, als sie sich von ihm verabschiedete. Das war alles. Sie fuhren in verschiedenen Richtungen weg, und auch ich machte mich auf den Weg, um meine Vorbereitungen zu treffen.«

»Und die wären?«

»Etwas kalten Braten und ein Glas Bier«, sagte er. Er läutete nach der Wirtin. »Übrigens werde ich deine Hilfe wohl brauchen. Hast du Bedenken, das Gesetz zu übertreten? Eventuell sogar eingesperrt zu werden?«

»Nicht wenn es für eine gute Sache ist.«

»Oh, die Sache ist ausgezeichnet!«

»Dann bin ich dein Mann. Was soll es sein?«

»Wenn Mrs. Turner das Essen gebracht hat, werde ich es dir erklären. Denn«, sagte er, als er sich dem einfachen Mahl zuwandte, das die Wirtin ihm gebracht hatte, »es ist jetzt beinahe fünf Uhr. Zwei Stunden haben wir Zeit. Miß Adler, oder eher Madam Irene Norton, kommt um sieben Uhr von ihrer Ausfahrt zurück. Wir müssen sie in Briony Lodge treffen.«

»Und was dann?«

»Das überlaß nur mir. Aber auf einen Punkt muß ich bestehen, Watson. Du darfst nicht eingreifen, ganz gleich, was auch geschieht. Es wird wahrscheinlich einen kleinen Krawall geben – halte dich heraus! Es wird damit enden, daß ich in das Haus gebracht werde. Vier oder fünf Minuten danach wird das Wohnzimmerfenster geöffnet werden. Deine Aufgabe ist es, ganz in der Nähe des Fensters bereitzustehen.«

»Verstanden.«

»Du wirst mich sehen. Beobachte mich genau: Wenn ich meine Hand hebe – so, dann wirf einen Gegenstand durch das Fenster, den ich dir vorher gebe. Zur gleichen Zeit schreist du ›Feuer; Feuer!‹ Ist das klar?«

»Sicher, ja. Aber . . .«

»Es ist weiter nichts Schlimmes«, sagte er und nahm eine längliche zigarrenförmige Rolle aus seiner Tasche. »Es ist eine ganz gewöhnliche Rauchpatrone mit Selbstzündung. Darauf also beschränkt sich deine Aufgabe. Dann gehst du am besten die Straße hinauf, und zehn Minuten später werden wir uns wieder treffen. Ich hoffe, daß ich mich klar genug ausgedrückt habe?«

»Ich soll mich nicht einmischen, mich neben das Fenster stellen, dich beobachten und auf dein Zeichen hin die Patrone werfen, ›Feuer‹ schreien und dich dann an der Straßenecke erwarten.«

»Sehr gut. Ich glaube, es wird Zeit, daß ich mich für die neue Rolle vorbereite.«

Er verschwand in seinem Schlafzimmer. Wenige Minuten später kehrte er als ein liebenswerter, einfältiger alter Priester zurück. Der breitrandige, schwarze Hut, die ausgebeulten Hosen, der weiße Kragen und das mitfühlende Lächeln – Holmes hatte nicht etwa nur das Kostüm gewechselt: sein Ausdruck, seine Gebärden, ja sein ganzes Wesen schienen sich mit jeder neuen Rolle, die er übernahm, zu ändern. Wie der Wissenschaft ein hervorragender Geist verlorenging, als er sich der Aufklärung von Verbrechen zuwandte, so auch der Bühne ein blendender Schauspieler.

Um Viertel nach sechs verließen wir Baker Street. Zehn Minuten vor der abgemachten Zeit waren wir in der Serpentine Avenue. Es dämmerte bereits, und als wir vor Briony Lodge auf und ab gingen, wurden eben die Straßenlaternen angezündet. Das Haus war so, wie ich es mir nach Holmes' exakter Beschreibung vorgestellt hatte, aber die Gegend unruhiger, als ich gedacht. Für eine kleine Straße in einem stillen Viertel war sie erstaunlich belebt. Da war eine kleine Gruppe ärmlich gekleideter Männer, die sich unterhielt, ein Scherenschleifer mit seinem Schleifstein, zwei Soldaten, die mit einem Kindermädchen flirteten, und ein paar gut angezogene junge Männer, die herumlungerten.

»Wie du siehst«, sagte Holmes, »vereinfacht diese Heirat die Sache doch bedeutend. Das Foto wird jetzt zu einem zweischneidigen Schwert. Wahrscheinlich wäre es ihr genauso unlieb, wenn es Mr. Godfrey Norton finden würde, wie unserem Klienten, wenn es seiner Prinzessin unter die Augen käme. Die Frage heißt jetzt: Wo finden wir das Bild? Frauen sind von Natur aus Geheimniskrämer. Warum sollte sie das Bild weggegeben haben? Es muß irgendwo sein, wo sie es erreichen kann. Es muß in ihrem eigenen Haus sein.«

»Aber dort ist bereits zweimal eingebrochen worden.«

»Wennschon! Sie wußten nicht, wo sie suchen mußten.«

Die Worte waren kaum ausgesprochen, als wir die Seitenlichter eines Wagens sahen, der um die Ecke der Straße bog. Als er vor der Briony Lodge hielt, rannte einer der Männer, die an der Ecke herumgelungert hatten, herbei. In der Hoffnung, ein Trinkgeld zu verdienen, riß er den Schlag auf, aber ein anderer stieß ihn weg. Ein wilder Streit entbrannte, und ein paar Sekunden später fand ich die Dame, die aus dem Wagen gestiegen war, inmitten der streitenden Männer, die wie blind aufeinander einhieben. Holmes stürzte sich in die Menge, um der Dame beizustehen; aber in dem Augenblick, in dem er sie erreichte, stieß er einen Schrei aus und fiel mit blutüberströmtem Gesicht zu Boden. Daraufhin suchten die Rowdys, wie auch die beiden Soldaten, schleunigst das Weite, während eine Anzahl besser gekleideter Leute, die den Auflauf beobachtet hatten, der Dame und dem Verletzten zu Hilfe kam. Irene Adler, wie ich sie weiterhin nennen will, war die Treppen hinaufgeeilt. Unter der Tür blieb sie stehen und blickte zur Straße zurück.

»Ein mutiger Mann«, sagte eine Frau. »Wenn er nicht gewesen

wäre, die Tasche und die Uhr der Dame hätten sie bestimmt gestohlen. Das war eine üble Bande. Hier, er kommt wieder zu sich.«
»Er kann nicht auf der Straße liegenbleiben. Können wir ihn hineintragen, Madam? So lange, bis ein Arzt kommt.«
»Natürlich, tragt ihn ins Wohnzimmer. Hier durch, bitte!« Behutsam trugen ein paar Männer den Priester in das Haus. Ich hatte vor dem Fenster Posten bezogen und konnte alles gut beobachten. Im Wohnzimmer ging Licht an, und da die Vorhänge nicht zugezogen worden waren, konnte ich Holmes deutlich sehen. Er lag auf der Couch.
Ich weiß nicht, ob er in diesem Augenblick bedauerte, daß er diese Rolle spielte. Aber das eine weiß ich sicher: Nie zuvor in meinem Leben hatte ich mich meiner selbst mehr geschämt als jetzt, da ich das zauberhafte Wesen erblickte, gegen das ich mich verbündet hatte. Immerhin taten wir ihr ja nichts zuleide, beruhigte ich mich. Wir hinderten sie nur daran, einem anderen etwas zuleide zu tun. Ich griff nach der Rauchpatrone in meiner Tasche.
Holmes hatte sich aufgesetzt. Er machte eine Bewegung, als ringe er nach Luft, und ein Mädchen lief durchs Zimmer und riß das Fenster auf. In diesem Augenblick sah ich, wie er seine Hand hob. Ich warf die Patrone ins Zimmer und schrie laut: »Feuer! Feuer!« Ich hatte die Worte kaum ausgerufen, als die Menge auf der Straße den Ruf aufnahm. Alles schrie: »Feuer!« Das Zimmer war voller Rauch, und ich konnte die rennenden Gestalten nur undeutlich erkennen. Einen Augenblick später hörte ich Holmes' Stimme. Er beruhigte sie und versicherte, es sei ein falscher Alarm. Durch die schreiende Menge hindurch stahl ich mich weg. Ich wartete an der Straßenecke. Zehn Minuten später spürte ich den Arm meines Freundes in dem meinen, und wir machten, daß wir vom Ort des Aufruhrs wegkamen. Ein paar Minuten lang schritt Holmes schnell und schweigend aus, bis wir eine ruhigere Straße erreicht hatten.
»Du hast dich gut gehalten«, sagte er. »Hätte nicht besser sein können. Das wäre in Ordnung.«
»Du hast das Bild also!«

»Ich weiß, wo es ist.«
»Und wie hast du das erfahren?«
»Sie zeigte es mir«, sagte er lachend. »Das war ein Kinderspiel. Du hast natürlich bemerkt, daß die Leute auf der Straße eingeweiht waren. Ich hatte sie für diesen Abend engagiert.«
»Das dachte ich mir.«
»Als der Streit ausbrach, hatte ich mir vorsorglich etwas rote Farbe in die Handfläche geschmiert. Ich rannte vor, stürzte, fuhr mir mit der Hand übers Gesicht und wurde zu einem Bild des Elends. Ein alter Trick. Dann trugen sie mich hinein. Das konnte sie nicht ablehnen. Was sollte ich auch machen? Und so kamst also du ins Spiel.«
»Was hattest du davon?«
»Das war der wichtigste Teil überhaupt. Wenn eine Frau glaubt, daß ihr Haus brennt, greift sie instinktiv nach ihrem wertvollsten Besitz. Und daß für unsere Dame genau das, was wir suchen, am wertvollsten war, versteht sich von selbst. Das würde sie in Sicherheit bringen wollen. Sie reagierte prächtig. Das Foto steckt in einem Hohlraum hinter einer verschiebbaren Leiste, genau über dem Glockenzug. Dahin wandte sie sich augenblicklich, als du ›Feuer!‹ schriest, und ich konnte eine Ecke erkennen, als sie das Foto halb herauszog. Als ich ihr zurief, daß es sich um falschen Alarm handle, schob sie es zurück. Ich überlegte, ob ich versuchen sollte, es sofort in meinen Besitz zu bekommen; aber der Kutscher war hereingekommen, und da er mich nicht aus den Augen ließ, erschien es mir sicherer zu warten. Die kleinste Unbesonnenheit konnte alles zerstören.«
»Und nun?« fragte ich.
»Praktisch ist unsere Aufgabe gelöst. Morgen werde ich ihr einen Besuch machen, mit dem Herzog. Man wird uns ins Wohnzimmer führen, bis die Dame kommt. Aber es ist sehr wahrscheinlich, daß sie weder uns noch das Foto mehr vorfindet, wenn sie erscheint. Es wird dem Herzog eine Genugtuung sein, es eigenhändig sicherzustellen.«
»Und wann soll das vor sich gehen?«

»Morgen. Um acht. Dann wird sie noch nicht auf sein, und wir haben freies Feld.«

Wir waren in der Baker Street angekommen und standen vor der Tür. Holmes suchte in seinen Taschen nach dem Hausschlüssel. Plötzlich sagte ein Passant aus der Menge: »Wünsche eine gute Nacht, Mr. Sherlock Holmes.«

Es kamen mehrere Leute die Straße herunter, aber der Gruß schien von einem schlanken jungen Mann zu kommen, der an uns vorbeigeeilt war.

»Diese Stimme habe ich doch schon einmal gehört«, sagte Holmes. Er starrte die schwach erleuchtete Straße hinunter.

»Wer in aller Welt kann das bloß gewesen sein?«

In dieser Nacht schlief ich in der Baker Street, und wir frühstückten eben, als der Herzog ins Zimmer stürmte.

»Sie haben es wahrhaftig gefunden!« rief er und umfaßte Holmes' Schultern mit beiden Händen.

»Noch nicht.«

»Dann voran! Darauf habe ich lange genug gewartet.«

»Wir müssen eine Droschke bestellen.«

»Nicht nötig, mein Kupee steht unten.«

Und wieder ging es nach Briony Lodge.

»Übrigens«, sagte Holmes, »Irene Adler hat geheiratet.«

»Geheiratet? Wann?«

»Gestern.«

»Wen denn?«

»Einen englischen Rechtsanwalt. Norton, Dr. Godfrey Norton.«

»Aber sie liebt ihn doch nicht?«

»Ich hoffe doch. Denn das würde Eurer Durchlaucht auch in Zukunft die Sorge vor weiteren unerfreulichen Schritten abnehmen. Wenn sie Eure Durchlaucht nicht liebt, weshalb sollte sie dann Ihre Pläne zu durchkreuzen suchen?«

»Ich wünschte, sie wäre aus meinen Kreisen. Was für eine Regentin wäre sie geworden!« Er schwieg, bis wir in die Serpentine Avenue einbogen.

Die Tür von Briony Lodge stand offen, und eine ältere Frau wartete auf der Vortreppe. Sie beobachtete uns lächelnd, als wir aus dem Kupee stiegen.
»Mr. Sherlock Holmes, wenn ich mich nicht irre?« fragte sie.
»Ich bin Mr. Holmes«, sagte mein Freund und blickte sie betroffen an.
»Meine Herrin sagte mir, daß sie wahrscheinlich kommen würden. Sie ist heute früh mit ihrem Mann nach dem Kontinent abgereist. Von Charing Cross, fünf Uhr fünfzehn, um genau zu sein.«
»Was!« Sherlock Holmes war ganz bleich vor Bestürzung. »Wollen Sie damit sagen, daß sie England verlassen hat?«
Er schob die Frau zur Seite und stürzte ins Wohnzimmer. Der Herzog und ich folgten ihm. Die Möbel standen kreuz und quer, die Regale waren geleert, Schubladen gähnten offen. Die Dame hatte ihre Reise wohl sehr überstürzt angetreten. Holmes war mit ein paar schnellen Schritten am Glockenzug, riß eine schmale Leiste auf und zog ein Foto und einen Brief heraus. Das Foto zeigte Irene Adler in großem Abendkleid. Der Brief war adressiert an »Sherlock Holmes, Esq. Wird persönlich abgeholt.« Mein Freund riß ihn auf und wir lasen ihn alle drei gleichzeitig.
»Mein lieber Mr. Sherlock Holmes! Das haben Sie wirklich glänzend gemacht. Ich bin Ihrer Täuschung erlegen. Bis nach dem Feueralarm hatte ich keinerlei Verdacht. Aber dann, als ich erkannte, wie ich mich verraten hatte, begann ich nachzudenken. Schon vor Monaten bin ich vor Ihnen gewarnt worden. Man sagte mir, wenn der Herzog einen Detektiv beauftragen würde, dann nur Sie. Auch Ihre Adresse hatte ich bekommen. – Ich sollte Ihnen also verraten, was Sie wissen wollten! Sogar noch nachdem ich mißtrauisch geworden war, konnte ich es kaum übers Herz bringen, von einem so reizenden alten Priester Schlechtes zu denken. Aber, Sie wissen ja, auch ich habe einige Erfahrung als Schauspielerin! Männerrollen sind mir nichts Neues. Ich mache mir oft die Vorteile zunutze, die sie einer Frau verleihen. Ich bat John, den Kutscher, auf Sie zu achten, zog Männerkleider an und kam eben zurecht, als Sie weggingen.

Ich ging Ihnen nach bis zu Ihrer Tür in der Baker Street und überzeugte mich auf diese Weise, daß wirklich ich es war, dem das Interesse des berühmten Mr. Sherlock Holmes galt. Dann ließ ich mich zu einer kleinen Kühnheit hinreißen, ich wünschte Ihnen eine gute Nacht, ehe ich zu meinem Mann zurückkehrte.

Angesichts eines so gefährlichen Gegners entschlossen wir uns, lieber das Weite zu suchen. Sie werden also das Nest leer finden, wenn Sie morgen kommen. Und was das Foto betrifft, Ihr Klient soll ganz beruhigt sein. Ich liebe, und ich werde wiedergeliebt; von einem besseren Mann, als er es für mich war. Der Herzog soll heiraten, wen er will; ich werde ihn nicht daran hindern. Ich behalte die Fotografie nur, um mich selbst zu schützen, um eine Waffe zu haben, die mich für immer vor allen Schritten schützen wird, die er vielleicht in Zukunft unternehmen mag. Ich überlasse Ihnen ein Foto, das er vielleicht gern besitzen möchte. Und damit, lieber Mr. Sherlock Holmes, bin ich mit freundlichen Grüßen Ihre Irene Norton geb. Adler.«

»Welch eine Frau!« sagte der Herzog. »Habe ich Ihnen nicht gesagt, wie schnell entschlossen und energisch sie ist? Wäre sie nicht eine bewundernswerte Königin geworden? Ein Jammer, daß sie mir nicht ebenbürtig ist.«

»Nach dem zu urteilen, was ich von ihr gesehen habe, scheinen Sie ihr tatsächlich nicht ebenbürtig zu sein, Durchlaucht«, sagte Holmes kalt. »Es tut mir leid, daß ich die Sache nicht zu einem erfolgreichen Abschluß bringen konnte.«

»Ganz im Gegenteil, mein Verehrtester!« rief der Herzog. »Der Erfolg hätte nicht größer sein können. Vor dem Foto bin ich jetzt so sicher, als ob es verbrannt wäre. Ich weiß, daß ihr Wort Gold wert ist.« Er zog einen Ring mit einem Amethyst vom Finger. »Ich stehe tief in Ihrer Schuld.«

»Ich hätte einen anderen Wunsch«, sagte Holmes. »Dieses Foto.« Der Herzog blickte ihn überrascht an. »Sicher, wenn Sie es wünschen.«

»Ich danke Eurer Durchlaucht. Dann ist in dieser Sache wohl nichts mehr zu tun.« Er verbeugte sich und wandte sich ab.

Das ist also die Geschichte von dem großen Skandal, der den Herrscherhäusern Mitteleuropas gedroht hatte: die Geschichte, in der eine schöne und kluge Frau Sherlock Holmes überlistete. Er pflegte sich früher des öfteren über den Verstand der Frauen lustig zu machen. In letzter Zeit habe ich nichts dergleichen von ihm gehört. Und wenn er von Irene Adler spricht oder ihr Foto betrachtet, dann gibt er ihr immer den Ehrentitel: *die* Frau.

Das Geheimnis von Boscombe Valley

Wir saßen am Frühstückstisch, als das Mädchen ein Telegramm hereinbrachte. Es war von Sherlock Holmes:
»Hast Du ein paar Tage Zeit? Bin nach Boscombe Valley gerufen worden. Freue mich, wenn Du mitkommst. Luft und Landschaft einmalig. Fahre 11.15 von Paddington.«
»Willst du mitfahren?« fragte meine Frau und sah mich an.
»Ich weiß wirklich nicht. Ich habe im Augenblick ziemlich viele Patienten.«
»Oh, Anstruther würde das schon übernehmen. Du siehst in letzter Zeit schlecht aus. Ich glaube, die Luftveränderung würde dir guttun, und du interessierst dich doch so für Mr. Sherlock Holmes' Fälle.«
»Es wäre undankbar von mir, das zu leugnen«, sagte ich. »Aber wenn ich fahren will, dann muß ich sofort packen. Ich habe nur noch eine halbe Stunde Zeit!«
Zwanzig Minuten später saß ich in einer Droschke, die zur Paddington-Station rollte. Sherlock Holmes schritt den Bahnsteig auf und ab, seine große hagere Gestalt wirkte in dem langen grauen Reisecape und der Tuchmütze noch hagerer und größer.
»Gut, daß du gekommen bist, Watson«, begrüßte er mich. »Es ist sehr wertvoll für mich, jemanden bei mir zu haben, auf den ich mich hundertprozentig verlassen kann. Die Helfer, die man sonst an Ort und Stelle vorfindet, sind meist entweder unfähig oder aber voreingenommen. Wenn du zwei Eckplätze belegen willst, besorge ich die Fahrkarten.«
Wir hatten das ganze Abteil für uns und den großen Berg Akten, den Holmes mitgebracht hatte. Darin wühlte und las er und machte sich Notizen. Wir waren schon weit hinter Reading, als er die Papiere beiseite legte und mich ansah.
»Hast du von dem Fall in Boscombe Valley gehört?«
»Nicht ein Wort. Ich habe in den letzten Tagen überhaupt keine Zeitung gesehen.«
»Die Londoner Presse hat kaum darüber berichtet. Es scheint

dies einer jener simplen Fälle zu sein, die so ungeheuer schwierig sind.«
»Das klingt ein wenig paradox.«
»Aber es trifft zu. Ein außergewöhnliches Verbrechen ist an sich fast schon eine Spur. Je alltäglicher ein Verbrechen, desto schwieriger ist es aufzuklären. In diesem Fall weisen sehr schwerwiegende Verdachtsmomente auf den Sohn des Ermordeten.«
»Ein Mordfall also?«
»So vermutet man. Ich will versuchen, mit ein paar Worten den Stand der Ermittlungen wiederzugeben.
Boscombe Valley ist ein ländlicher Bezirk in Herefordshire, nicht weit von Ross. Der größte Grundbesitzer in dieser Gegend ist ein Mr. Turner. John Turner ist in Australien zu Geld gekommen und erst vor ein paar Jahren in seine alte Heimat zurückgekehrt. Hatherley Farm ist einer der Höfe auf seinem Grund und Boden. Turner hat die Farm an Mr. Charles McCarthy verpachtet. Die beiden Männer kannten sich schon aus Australien, und so schien es ganz natürlich, daß sie sich miteinander ansiedelten. Man sah sie oft zusammen. McCarthy hatte einen achtzehnjährigen Sohn, und Turners Tochter war ebenso alt. Die Herren waren verwitwet, und mit ihren englischen Nachbarn pflegten sie kaum Verkehr. Nur die beiden McCarthys nahmen häufig an den Rennen, die in der Nachbarschaft abgehalten wurden, teil. McCarthy hatte zwei Dienstboten – einen Diener und ein Mädchen. Turner hatte mehr Personal.« Holmes blickte auf. »Das ist alles, was ich über die zwei Familien in Erfahrung bringen konnte. Nun zu dem Fall selbst:
Am 3. Juni – das war vergangenen Montag – verließ McCarthy gegen drei Uhr nachmittags Hatherley Farm. Ein kleiner Teich ganz in der Nähe, der Boscombe Pool genannt wird, war sein Ziel. Am Vormittag dieses Tages war er zusammen mit seinem Diener in Ross gewesen. Der Mann sagte später aus, McCarthy sei in Eile gewesen, da er am Nachmittag um drei Uhr eine wichtige Verabredung gehabt habe. Von dieser Verabredung kam McCarthy nicht mehr lebend zurück.

Von seinem Haus auf Hatherley Farm bis zum Boscombe Pool sind es kaum fünfhundert Meter. Zwei Leute sahen ihn auf dem Weg dorthin. Die eine war eine alte Frau, den Namen weiß ich nicht, und der andere war William Crowder, ein Wildhüter. Beide Zeugen sagen aus, daß McCarthy allein war. Der Wildhüter sagt weiter, daß wenige Minuten, nachdem McCarthy an ihm vorbeigegangen sei, McCarthy junior seinem Vater auf dem gleichen Weg folgte. James trug ein Gewehr bei sich. Der Wildhüter – er arbeitet für John Turner – machte sich keine weiteren Gedanken darüber, bis er dann schließlich am Abend hörte, was sich überhaupt ereignet hatte.
Vater und Sohn wurden später noch am Teich zusammen gesehen. Der Boscombe Pool ist von dichtem Gehölz umgeben, nur um das verschilfte Ufer zieht sich ein schmaler Streifen Gras. Ein vierzehnjähriges Mädchen, Patience Moran, war im Wald und pflückte Blumen. Sie ist die Tochter des Pförtners von Mr. Turner, und sie sagt aus, daß sie Mr. McCarthy und seinen Sohn am Waldrand dicht am Teich beobachtete. Sie wurde Zeuge, wie beide heftig miteinander stritten. Sie hörte, wie der Vater seinen Sohn beschimpfte, und sie sah, daß der junge Mann die Hand hob, so, als wolle er seinen Vater schlagen. Sie erschrak so, daß sie wegrannte und alles ihrer Mutter erzählte. Sie war mit ihrem Bericht kaum zu Ende, als der junge McCarthy ins Pförtnerhaus gestürzt kam: Er schrie, er habe seinen Vater im Wald gefunden, tot! Er war äußerst erregt. Er trug weder sein Gewehr noch seinen Hut bei sich, und an seiner rechten Hand und am Ärmel waren frische Blutflecken. Sie gingen mit ihm und fanden die Leiche seines Vaters im Gras neben dem Teich. McCarthy war durch mehrere Schläge mit einer schweren stumpfen Waffe auf den Kopf getötet worden. Die schweren Verletzungen konnten vom Gewehrkolben seines Sohnes herrühren. Das Gewehr lag nur wenige Schritte von der Leiche entfernt im Gras. Unter diesen Umständen wurde der junge Mann augenblicklich verhaftet. Nachdem die Anklage auf vorsätzlichen Mord bei der Beweisaufnahme fallengelassen wurde, führte man James McCarthy am Mittwoch dem Gericht

in Ross vor, das den Fall an die nächsthöhere Instanz weitergeleitet hat. Das, Watson, sind die Einzelheiten.«

»Das scheint eindeutig«, sagte ich.

»Allzu eindeutig«, sagte Holmes nachdenklich. »Indizienbeweise – da bin ich vorsichtig. Sie scheinen ganz klar eine bestimmte Sache zu beweisen, und wenn man dann seinen eigenen Blickpunkt auch nur um weniges ändert, können sie zu unserer Überraschung genauso klar etwas völlig anderes zeigen. Ich gebe zu, daß in diesem Fall die Sache äußerst schlecht für den jungen Mann steht; durchaus möglich, daß er wirklich schuldig ist. Nun gibt es aber eine ganze Anzahl Menschen in der Nachbarschaft – und Miß Turner, die Tochter des benachbarten Gutsbesitzers, ist darunter –, die fest an seine Unschuld glauben. Sie haben Lestrade beauftragt, James McCarthy zu vertreten. Lestrade kam aber nicht recht voran; er hat den Fall mir übertragen.«

»Ich fürchte«, sagte ich, »du wirst wenig Ruhm ernten bei diesem Fall – so offensichtlich sprechen die Tatsachen für seine Schuld.«

»Es gibt nichts Trügerischeres als eine offensichtliche Tatsache«, sagte Holmes ruhig, »möglich, daß wir doch noch weitere offensichtliche Tatsachen entdecken, die unserem Mr. Lestrade nicht offensichtlich waren. Da gibt es so ein, zwei Punkte, die bei der Beweisaufnahme zur Sprache kamen, über die nachzudenken sich lohnt.«

»Und die wären?«

»Anscheinend wurde James McCarthy nicht sofort verhaftet, sondern erst später auf Hatherley Farm. Als der Polizeiinspektor ihm eröffnete, er müsse ihn verhaften, meinte der junge Mann, daß ihn das nicht überrasche und daß er das verdiene. Gerade diese Bemerkung zerstreute bei den Geschworenen auch die letzten möglichen Zweifel.«

»Es kommt einem Geständnis gleich!« rief ich aus.

»Nein, denn ihm folgte eine Unschuldsbeteuerung.«

»Immerhin, Holmes, es ist zumindest eine höchst verdächtige Bemerkung.«

»Ich meine, ganz im Gegenteil«, sagte Holmes. »Es ist augenblicklich für mich der einzige Lichtblick in der dunklen Gewitterfront. Ob schuldig oder nicht schuldig – keiner würde ein so verdammter Narr sein, daß er nicht erkannt hätte, wie stark alles gegen ihn sprach. Hätte er sich bei seiner Verhaftung überrascht gezeigt, hätte er einen Wutanfall vorgetäuscht, gut, dann wäre er auch mir äußerst verdächtig vorgekommen, denn Überraschung oder Wut wäre unter diesen Umständen unnatürlich gewesen. Ein kalt überlegender Mann aber hätte beide Reaktionen für die beste Taktik halten können. Die Selbstverständlichkeit, mit der James McCarthy sich fügte, zeigt mir, daß er entweder unschuldig ist oder aber ein Mann von bemerkenswerter Selbstbeherrschung und Entschlossenheit. Nimm die Bemerkung, daß er das verdiene. Sie erscheint in einem ganz anderen Licht, wenn man bedenkt, daß er ausgerechnet an diesem Tag seine Sohnespflicht vergessen hatte, als er seinen Vater beschimpfte und, nach der Aussage des kleinen Mädchens, die ihn sehr schwer belastet, sogar seine Hand gegen ihn erhoben hatte. Die Selbstvorwürfe und die Reue, die sich in dieser Bemerkung zeigen, scheinen mir eher für sein gesundes Empfinden als für seine Schuld zu sprechen.«

Ich schüttelte den Kopf. »Aber Holmes, schon viele sind auf schwächere Beweise hin gehängt worden«, sagte ich.

»Viele sind zu Unrecht gehängt worden«, sagte er nur.

»Was sagt James McCarthy denn selbst?«

»Ich fürchte, seine Darstellung ist für die Seite, die ihn vertritt, nicht sehr ermutigend, obwohl ich auch darin ein paar interessante Punkte gefunden habe.«

Er zog eine Ausgabe der Lokalzeitung aus seinem Aktenstoß. Ich lehnte mich in die Wagenecke zurück und las sie sorgfältig durch:

»Mr. James McCarthy, der einzige Sohn des Verstorbenen, wurde dann in den Zeugenstand gerufen und machte folgende Aussage: Ich war drei Tage in Bristol und kehrte erst am Morgen des 3. Juni, des vergangenen Montags also nach Hause zurück. Mein Vater war nicht zu Hause, als ich ankam. Das Mädchen sagte mir, daß er mit John Cobb, dem Diener, nach Ross hinübergefahren sei. Kurz nach meiner Rückkehr hörte ich die Räder seines Wagens

im Hof, und als ich aus dem Fenster blickte, sah ich meinen Vater aussteigen und mit schnellen Schritten über den Hof laufen. Ich nahm dann mein Gewehr und verließ das Haus in Richtung Boscombe Pool, denn ich wollte Kaninchen jagen. Auf meinem Weg traf ich William Crowder, den Wildhüter, wie er in seiner Aussage bestätigt hat. Aber er irrt sich, wenn er glaubt, daß ich meinem Vater gefolgt sei. Ich wußte nicht, daß mein Vater den gleichen Weg genommen hatte. Ich war noch etwa fünfzig Meter vom Teich entfernt, als ich jemanden ›Cooee!‹ rufen hörte, den Erkennungsruf zwischen meinem Vater und mir. Ich begann zu laufen und dann sah ich meinen Vater neben dem Teich stehen. Er schien sehr überrascht, mich zu sehen. Er fragte mich grob, was ich hier überhaupt zu suchen habe. Es kam zu einem Wortwechsel und beinahe zu einer Schlägerei, denn mein Vater war ein Mann von sehr heftigem Temperament. Als ich sah, daß er seine Beherrschung immer mehr verlor, drehte ich mich um, um nach Hatherley Farm zurückzugehen. Ich war vielleicht fünfzig Meter weit gekommen, da hörte ich den schrecklichen Schrei. Ich rannte zurück. Ich fand meinen Vater sterbend mit eingeschlagenem Schädel. Ich ließ mein Gewehr fallen. Ich nahm ihn in meine Arme, aber er starb Sekunden später. Ich kniete noch ein paar Minuten neben ihm, und dann lief ich zu Mr. Turners Pförtner, sein Haus lag am nächsten. Ich sah niemanden bei meinem Vater, als ich zurückkam, und ich habe keine Ahnung, wie er zu seinen Verletzungen kam. Er war nicht sehr beliebt, er gab sich kalt und abweisend; aber soviel ich weiß, hatte er keine Feinde! Das ist alles, was ich sagen kann.
Staatsanwalt: Sagte Ihr Vater noch irgend etwas, ehe er starb?
Zeuge: Er murmelte ein paar Worte, aber alles, was ich verstehen konnte, war das Wort ›Ratte‹.
Staatsanwalt: Was schlossen Sie daraus?
Zeuge: Nichts. Ich sah keinen Zusammenhang. Ich glaubte, daß er im Delirium spreche.
Staatsanwalt: Um was ging dieser letzte Streit zwischen Ihnen und Ihrem Vater?

Zeuge: Darauf möchte ich nicht antworten.

Staatsanwalt: Ich fürchte, ich muß auf einer Antwort bestehen.

Zeuge: Ich möchte wirklich nicht darüber sprechen. Ich versichere Ihnen, es hatte nichts mit der schrecklichen Tragödie zu tun, die darauf folgte.

Staatsanwalt: Darüber hat der Gerichtshof zu befinden. Ich weise Sie darauf hin, daß Ihre Aussageverweigerung auf den weiteren Verlauf der Verhandlung von beträchtlichem Einfluß sein wird.

Zeuge: Ich weigere mich dennoch.

Staatsanwalt: Ich darf wohl annehmen, daß der Ruf ›Cooee‹ ein gebräuchliches Erkennungssignal zwischen Ihnen und Ihrem Vater war?

Zeuge: Ja, das stimmt.

Staatsanwalt: Wie kam es dann, daß er diesen Ruf ausstieß, ehe er Sie erblickte, ja sogar ehe er wußte, daß Sie von Ihrer Reise zurückgekommen waren?

Zeuge (sehr verwirrt): Das weiß ich nicht.

Ein Geschworener: Sahen Sie nichts, gar nichts, das Ihnen verdächtig erschien, als Sie auf den Schrei hin zurückliefen und Ihren Vater mit tödlichen Verletzungen vorfanden?

Zeuge: Nicht genau.

Staatsanwalt: Was heißt das, ›nicht genau‹?

Zeuge: Ich war so verstört, als ich auf die Lichtung lief, daß ich nur an meinen Vater denken konnte. Aber ich habe das dunkle Gefühl, daß links neben mir etwas auf dem Boden lag, als ich zu ihm stürzte. Es schien mir irgend etwas Graues zu sein, ein Mantel oder ein Plaid vielleicht. Als ich mich dann erhob, um Hilfe zu holen, blickte ich mich danach um, aber es war verschwunden.

Staatsanwalt: Wollen Sie damit sagen, daß es verschwand, ehe Sie Hilfe holten?

Zeuge: Ja, es war weg.

Staatsanwalt: Sie können nicht sagen, was es war?

Zeuge: Nein, aber ich hatte das Gefühl, daß etwas dagelegen habe.

Staatsanwalt: Wie weit entfernt von dem Toten?

Zeuge: Vier Meter vielleicht.

Staatsanwalt: Und wie weit von dem Waldrand entfernt?
Zeuge: Etwa gleich weit.
Staatsanwalt: Wenn es also weggenommen wurde, dann geschah das, während Sie nur vier Meter entfernt standen?
Zeuge: Ja, aber hinter meinem Rücken. –
Damit war das Verhör des Zeugen beendet.«
»Mir fällt auf«, sagte ich, als ich zu Ende gelesen hatte, »daß der Staatsanwalt mit dem jungen McCarthy in seinem Schlußwort sehr ernst ins Gericht gegangen ist.«
Holmes lachte leise vor sich hin. Er lehnte sich bequem in den gepolsterten Stuhl zurück. »Ja, der Staatsanwalt hat sich Mühe gegeben, das wenige, was *für* den jungen Mann spricht, hervorzuheben. Siehst du denn nicht, daß er ihm abwechselnd vorwirft, einmal zuviel und einmal zuwenig Phantasie zu haben? Zuwenig, wenn er ihn nicht für fähig hält, einen Grund für den Streit vorzubringen, der ihm das Mitgefühl der Geschworenen sichern würde; zuviel, wenn er ihm unterschiebt, daß er die letzten Worte des Sterbenden, die Anspielung auf eine Ratte, erfunden habe. Auch die Sache mit dem Mantel, der plötzlich verschwand – nein, mein Lieber, ich werde den Fall von dem Gesichtspunkt aus anpacken, als sei das, was der junge Mann sagt, wahr. Wir werden sehen, wohin uns diese Theorie führen wird.«

Es war beinahe vier Uhr, als wir endlich in Ross ankamen, einem kleinen, idyllischen Landstädtchen. Ein hagerer Mann mit einem Fuchsgesicht erwartete uns auf dem Bahnsteig, Lestrade von Scotland Yard. Wir fuhren zusammen zu dem kleinen Gasthaus »Hereford Arms«, er hatte dort bereits ein Zimmer für uns bestellt. »Ein Wagen wird gleich kommen«, sagte Lestrade, als wir bei einer Tasse Tee saßen. »Ich kenne Sie ja, Holmes, Sie werden keine Ruhe haben, bis Sie am Schauplatz des Verbrechens sind.«
»In meiner Tasche habe ich eine Schachtel Zigaretten, die geraucht werden wollen, und auch dieses Sofa ist besser als die meisten, die ich sonst von Gasthäusern gewohnt bin«, sagte Holmes. »Ich glaube nicht, daß ich Ihren Wagen heute noch brauche.«

Lestrade blickte überrascht auf und sagte dann lächelnd: »Sie haben zweifellos schon aus den Zeitungsberichten Ihre Schlüsse gezogen. Ich weiß, der Fall ist völlig klar. Immerhin, Holmes, man kann einer Dame eine solche Bitte nicht abschlagen. Sie hat von Ihnen gehört und wollte Ihre Meinung wissen. Ich habe sie gewarnt, daß auch Sie nicht mehr unternehmen könnten, als was ich schon unternommen habe. Ach, du liebe Zeit, ich glaube, das ist ihr Wagen, der vor der Tür hält.«

Sie war eine der bezauberndsten Frauen, die ich je in meinem Leben gesehen habe, und sie hatte dunkle, funkelnde Augen. Ihre natürliche Zurückhaltung wurde überspült von einer Woge überwältigender Erregung und Sorge.

»Mr. Sherlock Holmes?« Sie blickte von einem zum andern und wandte sich schließlich mit der Intuition einer Frau an meinen Freund. »Ich bin sehr froh, daß Sie gekommen sind. Ich weiß, James hat es nicht getan. Ich glaube daran, und ich will, daß auch Sie daran glauben, wenn Sie mit der Arbeit beginnen. Daran dürfen Sie nie zweifeln. Wir kannten uns schon als Kinder. Auch seine Schwächen kenne ich wie kaum ein anderer; aber er hat es nicht getan!«

»Ich hoffe, daß wir ihn freibekommen, Miß Turner«, sagte Sherlock Holmes.

»Sie haben das Protokoll gelesen. Sehen Sie eine Möglichkeit, irgendeinen schwachen Punkt? Glauben Sie denn nicht auch, daß er unschuldig ist?«

»Es ist wahrscheinlich.«

»Sehen Sie!« Sie blickte Lestrade vorwurfsvoll an.

Lestrade zuckte mit den Schultern. »Ich fürchte, mein Kollege war ein wenig vorschnell mit seiner Schlußfolgerung«, sagte er.

»Aber er hat recht. Und der Streit mit seinem Vater – ich bin sicher, daß er dem Staatsanwalt nur darum nichts darüber sagen wollte, weil es mich betrifft.«

»Sie?« fragte Holmes schnell.

»Ich meine, daß ich jetzt nicht mehr darüber schweigen sollte. James hatte mit seinem Vater meinetwegen oft Streit. Mr. McCarthy drängte immer wieder, daß wir heiraten sollten. James und ich – wir haben uns immer wie Bruder und Schwester geliebt, aber sehen Sie, er ist noch sehr jung und hat noch nicht viel vom Leben gesehen. Und – und, nun, ich verstand gut, daß er sich jetzt noch nicht binden wollte. Also gab es immer wieder Unstimmigkeiten, und ich bin davon überzeugt, daß der bewußte letzte Streit zwischen Vater und Sohn auch darum ging.«

»Und Ihr Vater?« fragte Holmes. »War er für eine derartige Verbindung?«

»Nein, er war auch dagegen. Außer Mr. McCarthy war niemand dafür.«

»Kann ich Ihren Vater sprechen, wenn ich morgen vorbeikomme?« fragte Holmes.

»Ich fürchte, das wird der Arzt nicht zulassen.«

»Der Arzt?«

»Ja, der Vater ist schon seit ein paar Jahren leidend, und diese Geschichte hat ihn völlig umgeworfen. Dr. Willow, das ist der Arzt, meint, es sei ziemlich ernst, er sei mit den Nerven völlig herunter. Mr. McCarthy war der einzige, der meinen Vater noch aus den alten Tagen in Victoria gekannt hat.«

»In Victoria?«

»Ja, in den Minen.«

»Den Goldminen? Mr. Turner hat sich dort sein Vermögen erworben, wenn ich recht unterrichtet bin?«

»Ja, genau.«

»Ich danke Ihnen, Miß Turner. Sie haben mir viel geholfen.«

»Sie geben mir doch sofort Bescheid, wenn sich irgend etwas Neues ergeben sollte? Und wenn Sie ins Gefängnis gehen und mit James sprechen, bitte, Mr. Holmes, sagen Sie ihm, daß ich weiß, daß er unschuldig ist.«

»Ganz bestimmt, Miß Turner.«

»Ich muß jetzt nach Hause, Vater wird unruhig, wenn ich zu lange fort bin. Auf Wiedersehen, und Gott helfe Ihnen!«

»Ich verstehe Sie nicht, Holmes«, sagte Lestrade nach ein paar Minuten, in denen sie sich schweigend gegenübergesessen hatten.

»Weshalb machen Sie ihr Hoffnungen, die unweigerlich enttäuscht werden müssen? Ich bin auch nicht immer sehr feinfühlig, aber das, was Sie tun, ist grausam.«

»Ich glaube, einen Weg gefunden zu haben, um James McCarthys Unschuld zu beweisen«, sagte Holmes nur. »Haben Sie einen Besuchsschein für das Gefängnis?«

»Ja, aber nur für Sie und für mich.«

»Fährt heute abend noch ein Zug nach Hereford?«

»Ja.«

»Dann werden wir das noch erledigen. – Watson, es tut mir leid, dich zurücklassen zu müssen, aber ich werde nur ein paar Stunden weg sein.«

Ich brachte sie bis zum Bahnhof. Dann schlenderte ich durch die Straßen der kleinen Stadt. Schließlich kehrte ich ins Hotel zurück. Ich legte mich auf das Sofa und versuchte, mir die Zeit mit einem Roman zu vertreiben, aber die Handlung war so durchsichtig, daß ich das Buch weglegte und nur noch über den Fall nachdachte, den wir entwirren wollten.

Angenommen, der junge Mann sagte die Wahrheit, was konnte dann in den wenigen Augenblicken geschehen sein, als er sich umdrehte und seinen Vater verließ, bis zu dem Schrei, auf den hin er zurückeilte?

Was konnte sich ereignet haben?

Konnte ein Arzt nicht aus der Art der Verletzungen etwas ersehen?

Ich klingelte und bat um die Zeitung, die eine wortgetreue Wiedergabe der Verhandlung enthielt.

Der Gerichtsarzt hatte zu Protokoll gegeben, daß das hintere Drittel des linken Scheitelbeines und die linke Hälfte des Hinterhauptknochens durch einen schweren Schlag mit einer stumpfen Waffe zerschmettert worden waren. Ein derartiger Schlag konnte nur von hinten ausgeführt worden sein. Das sprach in gewissem Maße für den Angeklagten, da er nach den Zeugenaussagen bei dem Streit seinem Vater gegenübergestanden hatte. Aber was sagte das schon? Der Vater konnte ihm den Rücken zugedreht haben, ehe der Schlag fiel. Immerhin — ich beschloß, Holmes darauf hinzuweisen.

Dann war da das geheimnisvolle letzte Wort des Sterbenden. Eine Ratte? Was konnte das bedeuten? Delirium? Unwahrscheinlich. Ein Mensch, der so stirbt wie McCarthy, deliriert nicht. Nein, wahrscheinlicher war, daß er versuchte, einen Hinweis auf den Mörder abzugeben. Aber was konnte das bedeuten?

Ich zerbrach mir den Kopf, aber ich fand keine Erklärung.

Und dann die Sache mit dem Kleidungsstück, das der junge McCarthy gesehen haben wollte. Wenn das der Wahrheit entsprach, dann mußte der Mörder irgendein Kleidungsstück, am wahrscheinlichsten seinen Mantel, auf der Flucht verloren haben. Und nicht nur das. Er mußte überlegt und eiskalt gehandelt haben, als er umkehrte und den Mantel in dem Augenblick an sich nahm, als der Sohn nur wenige Meter entfernt mit dem Rücken zu ihm neben der Leiche kniete.

Als ich daran dachte, fand ich Lestrades Skepsis durchaus berechtigt.

Es war schon spät, als Sherlock Holmes zurückkam. Er war allein. Lestrade hatte sich eine Unterkunft in der Stadt besorgt.

»Das Barometer steht auf Hoch«, sagte er, als er sich setzte. »Ich hoffe, daß es nicht regnet, ehe wir den Tatort besichtigen können. Mit dem jungen McCarthy habe ich übrigens gesprochen.«

»Und was hast du von ihm erfahren?«

»Nichts.«

»Nichts, was uns betrifft?«

Holmes schüttelte den Kopf. »Einmal hatte ich den Eindruck, daß er wüßte, wer es getan hat, und durch sein Schweigen den Täter zu schützen suchte. Aber ich bin jetzt überzeugt davon, daß er genauso überrascht davon war wie die andern auch. Er ist nicht gerade eine große Leuchte, aber er sieht gut aus, und ich glaube, er ist ein anständiger Kerl.«

»Eines ist mir unverständlich«, sagte ich, »wie kann man sich sträuben, eine so bezaubernde junge Dame wie Miß Turner zu heiraten?«

»Das hat seine Gründe. Der Junge betet sie an, aber – er ist schon verheiratet! Vor zwei Jahren, als er wirklich noch ein kleiner Junge war und als er Miß Turner noch nicht so recht kannte – sie war fünf Jahre lang in einem Internat gewesen –, was tut dieser Idiot vor zwei Jahren: Er fällt einer Bardame aus Bristol in die Klauen und heiratet sie! Kein Mensch weiß davon, aber nun stelle dir die Situation vor: Man macht ihm Vorwürfe, weil er das nicht tut, was er nur zu gerne täte, was aber, wie nur er weiß, einfach unmöglich ist.
Auch bei dem letzten Gespräch drängte sein Vater ihn wieder, um Miß Turners Hand anzuhalten. Es war die reine Verzweiflung, als er daraufhin die Beherrschung verlor. Und er konnte die Wahrheit nicht sagen. Er hatte kein eigenes Vermögen, und sein Vater, der ja ein sehr harter Mann war, hätte zweifellos ganz mit ihm gebrochen, wenn er die Wahrheit erfahren hätte.
Er war die letzten drei Tage in Bristol bei seiner ›Frau‹, auch davon wußte sein Vater nichts, wohlgemerkt. Das ist wichtig. Und das schönste ist: Als jene Bardame in der Zeitung las, daß ihr ›Mann‹ des Mordes angeklagt worden war und wahrscheinlich gehängt würde, hat sie sich von ihm losgesagt. Sie hat ihm einen Brief geschrieben, und darin steht klipp und klar, daß sie bereits – vor der Ehe mit ihm – verheiratet war.«
»Aber wenn er unschuldig ist, wer hat es dann getan?«
»Ja, wer? Wir haben nur zwei Anhaltspunkte. Erstens – der Ermordete hatte eine Verabredung mit irgend jemandem am Teich, aber dieser Jemand konnte nicht sein Sohn gewesen sein, denn sein Sohn war in Bristol, und er wußte nicht, daß er schon zurückgekehrt war. Zweitens – der Ermordete hat ›Cooee!‹ gerufen, ehe er wußte, daß sein Sohn zurück war. Mit diesen zwei Punkten steht und fällt der ganze Fall. Und jetzt laß uns über etwas anderes reden. Die Kleinigkeiten sparen wir uns für morgen auf.«

Es regnete nicht, wie Holmes vorausgesagt hatte, und am nächsten Morgen war der Himmel klar und wolkenlos.
Um neun Uhr holte uns Lestrade mit dem Wagen ab, und wir

machten uns auf den Weg nach Hatherley Farm und dem Boscombe Pool.

»Schlechte Nachrichten heute morgen«, bemerkte Lestrade. »Wie ich hörte, hat sich Mr. Turners Zustand verschlimmert; der Arzt zweifelt, ob er durchkommt.«

»Wie alt ist Mr. Turner?« fragte Holmes.

»Um die Sechzig. Er hat in den Goldminen seine Gesundheit ruiniert. Es geht ihm schon lange nicht gut, und diese Geschichte hat ihn sehr mitgenommen. Er war ein alter Freund von McCarthy. Ich habe gehört, daß er für Hatherley Farm keine Pacht nahm.«

»Wirklich! Das ist interessant«, sagte Holmes.

»Er hat ihm auch sonst geholfen, wo er konnte. Jeder hier kann Ihnen von seiner Großzügigkeit McCarthy gegenüber erzählen.«

»So? Kommt Ihnen das nicht etwas eigenartig vor? McCarthy, der anscheinend kaum eigenes Vermögen besaß und der Turner zu so viel Dankbarkeit verpflichtet ist, dieser McCarthy drängte darauf, daß sein Sohn Turners Tochter heiratet? Die Tochter, die doch vermutlich einmal die alleinige Erbin sein wird? Und McCarthy spricht mit einer so kühnen Selbstverständlichkeit von der Heirat, als ob es nur um den Antrag ginge und alles andere sich von selbst erledige? Noch eigenartiger, weil Turner selbst gar nichts von der Heirat wissen wollte, wie die Tochter erzählt.«

»Womit wir wieder bei den berühmten Schlußfolgerungen unseres Meisters angelangt wären«, sagte Lestrade. Er zwinkerte mir zu. »Nein, Holmes, ich habe genug zu tun, die Tatsachen unterzubringen. Ich kann nicht auch noch Theorien und Phantastereien nachjagen.«

»Sie haben ganz recht«, sagte Holmes sehr ruhig, »es fällt Ihnen nicht leicht, die Tatsachen unterzubringen.«

»Immerhin habe ich eine Tatsache erfaßt, die Ihnen anscheinend nur mühsam eingeht«, erwiderte Lestrade allzu höflich.

»Daß McCarthy senior von McCarthy junior ermordet wurde und daß alle anderen Theorien – Theorien sind.«

»Wir werden sehen«, sagte Holmes und lachte. »Ist das hier Hatherley Farm?«

Es war ein langgestrecktes zweistöckiges Gebäude mit einem Ziegeldach. Um die grauen Mauern rankten gelbblühende Kletterpflanzen. Aber die Fenster, mit schweren Vorhängen verhangen, und die Kamine, aus denen kein Rauch stieg, gaben ihm ein düsteres Aussehen.

Wir klopften, und das Dienstmädchen zeigte uns auf Holmes' Bitte hin die Stiefel, die ihr Herr zur Zeit seines Todes getragen hatte; auch ein Paar des Sohnes, allerdings nicht die, die er an jenem Abend trug. Nachdem Holmes die Schuhe mit peinlicher Genauigkeit ausgemessen hatte, ließ er sich den Weg zum Hof zeigen. Von dort ging er den schmalen Pfad zum Boscombe Pool.

Holmes war wie verwandelt. Wer nur den ruhigen Logiker und Denker der Baker Street kannte, hätte ihn jetzt nicht wiedererkannt. Er hielt den Kopf, ja sogar die Schultern gesenkt, die Lippen zusammengepreßt. Er war so ausschließlich auf die Spur, die er verfolgte, konzentriert, daß er eine Frage oder eine Bemerkung entweder überhaupt nicht hörte oder aber nur mit einem ungeduldigen Knurren beantwortete.

Der Boden war feucht und schlammig. Es gab viele Fußspuren, sowohl auf dem Pfad wie auch auf dem kurzen Gras zu beiden Seiten. Einmal lief er mit langen Schritten, dann blieb er plötzlich wieder unvermittelt stehen. Einmal machte er einen kleinen Abstecher in die Wiese hinein.

Boscombe Pool, ein kleiner verträumter Teich, etwa fünfzig Meter breit, liegt auf der Grenze zwischen Hatherley Farm und dem Park des reichen Mr. Turner.

Lestrade zeigte uns die Stelle, wo die Leiche gefunden worden war. Der Boden war so aufgeweicht, daß ich noch deutlich die Spuren erkennen konnte, die der Sturz des unglücklichen Mannes hinterlassen hatte. Holmes, das konnte ich an seinem gespannten Gesicht und den leuchtenden Augen sehen, schien noch mehr von dem zertrampelten Gras abzulesen. Er rannte im Kreis herum wie ein Hund, der eine Fährte sucht. Endlich wandte er sich an Lestrade.

»Was hatten Sie im Teich selber zu suchen?«

»Ich fischte mit einem Rechen darin herum. Ich hoffte die Waffe oder sonst eine Spur zu entdecken. Aber wie in aller Welt . . .«

»Oh, schon gut! Ich habe jetzt keine Zeit. Ihr linker Fuß hat einen leichten Einwärtsdrall; der Abdruck findet sich auf dem ganzen Platz hier. Hier verschwindet er im Schilf. Wie einfach wäre das doch gewesen, ehe diese Büffelherde alles zertrampelt hat. Hier standen die Leute, die mit dem Pförtner kamen; sie haben in einem Umkreis von etwa fünf Metern um die Leiche herum alle Spuren zerstört. Aber hier sind drei verschiedene Spuren, die alle drei von den Schuhen einer Person stammen.« Er zog ein Vergrößerungsglas heraus und legte sich in seiner ganzen Länge auf seinen Regenmantel, um besser sehen zu können. Er sprach die ganze Zeit mehr mit sich selbst als mit uns. »McCarthy junior«, sagte er dann. »Zweimal ging er ganz normal, einmal lief er so schnell, daß die Sohlen sich tief eindrückten. Das stimmt mit seiner Version überein. Er lief, als er seinen Vater auf dem Boden liegen sah. Und hier sind die Spuren des Vaters, als er auf und ab ging. Das hier ist der Griff des Gewehres, das der Sohn auf den Boden gestellt hatte, als er dastand und zuhörte. – Und das hier? Was ist denn das? Zehenspitzen. Ungewöhnlich breite Stiefel! Sie kommen, sie gehen, sie kommen wieder – der Mantel!« Holmes sprang auf und ab. Er verlor die Spur und fand sie wieder. Sie führte bis an den Waldrand und endete dort unter einer hohen Buche, dem größten Baum rundum. Wieder legte sich Holmes auf die Erde. Er stieß plötzlich einen Schrei der Genugtuung aus. Er blieb längere Zeit liegen, hob Blätter und dürre Zweige auf, kratzte etwas zusammen und steckte es in einen Umschlag. Er untersuchte mit seinem Vergrößerungsglas nicht nur den Boden, sondern auch die Rinde des Baumes. Im Moos fand er einen Stein, auch dieser wurde sorgsam geprüft und eingesteckt. Dann folgte er einem schmalen Pfad durch den Wald, bis er zur Landstraße kam. Dort endete die Spur.

»Das war ein durchaus interessanter Fall«, sagte er. Nun war er auch wieder der Mensch, den alle kannten. »Dieses graue Haus dort, das ist doch das Pförtnerhaus?«

Lestrade nickte.
»Ich glaube, ich werde mich nun etwas mit Moran unterhalten«, sagte Holmes, »und vielleicht ein paar Zeilen schreiben. Wenn das erledigt ist, können wir zum Mittagessen zurückfahren. Geht ihr nur schon mal voraus zum Wagen. Ich komme in ein paar Minuten nach.«
Zehn Minuten später saßen wir wieder im Wagen und fuhren zurück nach Ross. Holmes trug immer noch den Stein bei sich, den er im Wald aufgelesen hatte.
»Das wird Sie wohl interessieren«, sagte er und wog den Stein in der Hand. »Das, Lestrade, ist die Mordwaffe.«
»Ich sehe keine Spuren daran.«
»Es gibt keine.«
»Woher wollen Sie es dann wissen?«
»Es wuchs Gras darunter, also lag er erst seit ein paar Tagen dort. Und außerdem war keine Stelle zu entdecken, wo er vorher gelegen haben könnte. Die Form des Steins stimmt mit den Verletzungen durchaus überein!«
»Und der Mörder?«
»Ist ein großer Mann, Linkshänder, hinkt mit dem rechten Bein. Er trägt dicksohlige Jagdstiefel und einen grauen Mantel, benützt eine Zigarrenspitze und hatte ein stumpfes Federmesser in der Tasche. Es gibt noch andere Hinweise, aber diese reichen aus für unsere Untersuchungen.«
Lestrade lachte. »Ich bleibe skeptisch«, sagte er. »Theorien sind ja schön und gut, aber wir haben recht dickköpfige britische Geschworene vor uns, die nicht so leicht zu befriedigen sein dürften.«
»Nous verrons«, sagte Holmes gleichmütig. »Sie arbeiten nach Ihrer Methode, ich nach meiner. Am Nachmittag werde ich noch allerhand zu tun haben. Ich glaube, Watson, wir werden den Abendzug nach London noch erreichen.«
»Mit einem ungelösten Fall im Koffer?«
»Nein, mit einem gelösten.«
»Aber das Geheimnis?«
»Es gibt keines mehr.«

»Wer ist dann der Verbrecher?«
»Ein großer Mann, Linkshänder.«
»Aber wer ist das?«
»Es wird sicher nicht schwer sein, das noch herauszufinden.«
Lestrade zuckte die Schultern. »Ich bin kein Phantast«, sagte er, »ich kann es mir nicht leisten, durch die Gegend zu spazieren und nach einem Linkshänder zu suchen, der ein lahmes Bein hat. Ich würde zum Gespött von ganz Scotland Yard.«
»Na schön«, sagte Holmes ruhig. »Sie hatten Ihre Chance. Hier ist Ihr Hotel. Leben Sie wohl. Ich werde Ihnen eine Nachricht hinterlassen, ehe ich abreise.«

Wir fuhren zu unserem Gasthaus und aßen zu Mittag. Holmes war schweigsam und tief in Gedanken. Sein Gesicht hatte einen fast schmerzlichen Ausdruck, so als ob er sich in einer äußerst verwirrenden Situation befinde. »Schau her, Watson«, sagte er, als der Tisch abgeräumt war. »Mach es dir bequem und hör zu. Ich weiß nicht recht, was ich tun soll. Ich möchte deinen Rat.«
Ich zündete mir eine Zigarre an, und dann begann Holmes:
»Ich sagte schon, es waren von Anfang an zwei Punkte, die mich und dich für McCarthy junior einnahmen. Einmal die Tatsache, daß sein Vater, seinem Bericht nach, ›Cooee!‹ rief, ehe er ihn sah. Zum anderen dieser eigenartige Hinweis des Sterbenden auf eine Ratte. Er murmelte etliche Worte, aber dies eine war das einzige, was der Sohn mit Sicherheit verstand. Wir wollen dabei unterstellen, daß der Junge die Wahrheit sagt.«
»Was ist dann mit diesem ›Cooee‹?«
»Es konnte nicht dem Sohn gelten. Der Sohn war in Bristol. Es war Zufall, daß er in Hörweite war. Das ›Cooee!‹ galt einem anderen. Nun ist ›Cooee‹ ein Ruf, den Australier untereinander gebrauchen. Also ein starker Verdacht, daß derjenige, den McCarthy beim Boscombe Pool erwartete, jemand war, den er aus Australien kannte.«
»Und die Ratte?«
Sherlock Holmes nahm ein zusammengefaltetes Papier aus der

Tasche und strich es auf dem Tisch glatt. »Das ist eine Karte der Kolonie Victoria«, sagte er. Er legte seine Hand über einen Teil der Karte.
»Was steht hier?« fragte er.
»RAT«, las ich.
»Und jetzt?« Er hob die Hand.
»BALLARAT.«
»Allerdings. Das war das Wort, das der Sterbende sagte. Sein Sohn verstand nur die letzte Silbe. Der Vater wollte den Namen des Mörders nennen. Soundso aus Ballarat.«
»Das grenzt ans Wunderbare!« rief ich aus.
»Das liegt auf der Hand«, sagte Holmes. »Damit war, wie du siehst, der Kreis eingeengt worden. Als dritter Punkt stand fest, daß der Mörder einen grauen Mantel besitzen mußte, immer unterstellt, daß die Aussage des Sohnes der Wahrheit entspricht. Nebenbei: Wir können nun registrieren – der Mörder ist ein Australier aus Ballarat, und er besitzt einen grauen Mantel.«
»Zweifellos.«
»Jetzt zu unserer Expedition von heute früh. Du hörtest, was ich Lestrade sagte, und du kennst meine Methode: Kleinigkeiten beachten.«
»Gewiß. Seine Größe wirst du ungefähr nach seiner Schrittlänge schätzen können. Auch über seine Stiefel können die Fußspuren etwas aussagen.«
»Ja, es waren ungewöhnliche Stiefel.«
»Aber die Tatsache, daß er hinkte?«
»Der Eindruck des rechten Fußes war immer schwächer als der des linken. Er legte weniger Gewicht auf diesen Fuß. Warum? Weil er hinkte.«
»Und die Linkshändigkeit?«
»Du warst selbst erstaunt über die Art der Verletzung, wie sie aus dem Bericht des Gerichtsarztes hervorging. Der Schlag wurde direkt hinter ihm ausgeführt, und zwar auf der linken Seite. Wie läßt sich das nun zusammenreimen, es sei denn, ein Linkshänder hat ihn geführt? Während der Unterhaltung zwischen Vater und

Sohn stand er hinter dem Baum. Er hat dort sogar geraucht. Ich fand die Asche seiner Zigarre, und als ich weitersuchte, fand ich noch den Stummel. Es war eine indische Zigarre, eine Sorte, die in Rotterdam gerollt wird.«
»Und die Zigarrenspitze?«
»Ich sah, daß er das Ende nicht im Mund gehabt hatte. Also hatte er eine Spitze benutzt. Die Zigarre war vorn abgeschnitten – nicht abgebissen! Aber da der Schnitt nicht exakt war, schloß ich auf ein stumpfes Federmesser.«
Ich starrte ihn ein paar Sekunden an, aber ehe ich etwas sagen konnte, erschien der Hausdiener.
»Mr. John Turner«, meldete er. Er öffnete die Tür zu dem kleinen Salon, in dem wir saßen, und führte den Besucher herein.
John Turner war eine eigenartige Gestalt. Sein langsamer, hinkender Gang und die gebeugten Schultern gaben ihm den Anschein der Gebrechlichkeit, doch seine harten, zerfurchten Züge und die gewaltigen Glieder zeigten, daß er über außergewöhnliche Körperkräfte verfügte. Sein langer Bart, das ergraute Haar und die buschig überhängenden Augenbrauen ließen ihn würdig und kraftvoll erscheinen, sein Gesicht jedoch war fahlbleich, und seine Lippen waren bläulich verfärbt. Ich konnte auf den ersten Blick hin erkennen, daß dieser Mann nicht mehr lange zu leben hatte.
»Setzen Sie sich, bitte«, sagte Holmes leise. »Sie haben meine Zeilen erhalten?«
»Ja, der Pförtner brachte sie herauf. Sie schrieben, Sie möchten mich hier sehen, um einen Skandal zu vermeiden.«
»Ich dachte, die Leute würden zu reden anfangen, wenn ich zu Ihnen nach Hall käme.«
»Und warum wollen Sie mich sprechen?« Er blickte Holmes mit einem Ausdruck der Verzweiflung in den müden Augen an, als sei seine Frage schon bereits beantwortet.
»Ja«, sagte Holmes, mehr als Antwort auf den Blick als auf die Frage. »Ich weiß alles über McCarthy.«
Der alte Mann ließ das Gesicht in die Hände sinken. »Ich hätte

dem Jungen nichts geschehen lassen«, sagte er dann. »Ich gebe Ihnen mein Wort. Wenn er verurteilt worden wäre, hätte ich gesprochen.«

»Ich bin froh, daß Sie das sagen«, sagte Holmes ernst.

»Ich hätte jetzt schon gesprochen, wenn ich nicht an mein Kind gedacht hätte. Für sie würde es das Ende sein, wenn sie hört ...«

»Es muß nicht dazu kommen«, sagte Holmes.

»Nicht?« fragte der Mann zweifelnd.

»Ich bin kein Polizist. Ihre Tochter hat nach mir geschickt, und ich vertrete ihre Interessen. Der junge McCarthy allerdings muß freikommen.«

»Ich werde nicht mehr lange leben«, sagte der alte Turner. »Der Arzt sagt, es sei fraglich, ob ich diesen Monat noch überlebe. Ich würde lieber unter meinem eigenen Dach sterben.«

Holmes erhob sich und setzte sich an den Tisch. Er nahm seine Feder zur Hand und legte sich Papier zurecht.

»Erzählen Sie uns die Wahrheit«, sagte er. »Ich werde alles notieren. Sie unterschreiben, und Dr. Watson wird es bezeugen. Dann könnte ich, wenn es zum Äußersten kommt, Ihr Geständnis vorweisen, um den jungen McCarthy zu retten. Ich verspreche Ihnen, daß ich keinen Gebrauch davon machen werde, wenn es nicht unbedingt erforderlich ist.«

Der alte Mann nickte. »Es geht nicht um mich«, sagte er, »ich bin ein toter Mann, aber ich werde alles tun, um Alice den Schock zu ersparen. Ich will reinen Tisch machen. Es ist eine lange Geschichte, aber ich werde versuchen, es mit ein paar Worten zu sagen. Sie kannten MacCarthy nicht. Er war ein Teufel. Er hat mir das Leben zur Hölle gemacht, seit zwanzig Jahren. Ich will Ihnen erzählen, wie er mich in die Hand bekam.

Es war in den sechziger Jahren in den Goldminen. Ich war damals ein junger Bursche, wild und leichtsinnig. Ich schreckte vor nichts zurück. Ich geriet in schlechte Gesellschaft und fing an zu trinken. Ich hatte kein Glück mit meinem Claim, so zog ich mich in den Busch zurück und wurde – nun, hier würde man es mit einem Wort ›Strauchdieb‹ nennen.

Wir waren zu sechst. Wir plünderten von Zeit zu Zeit eine Bahnstation aus oder überfielen die Wagen auf der Straße zu den Minen. Ich hieß der Schwarze Jack von Ballarat, und in den Kolonien erinnert man sich unser immer noch als der Ballarat-Bande.

Eines Tages erfuhren wir von einem Gold-Konvoi von Ballarat nach Melbourne. Dem lungerten wir auf und überfielen ihn. Wir waren zu sechst, und sechs Begleitsoldaten mit Pferden standen uns gegenüber, aber schon beim ersten Angriff hatten vier Pferde leere Sättel. Drei von den Unseren wurden getötet, ehe wir an die Beute kamen. Ich schlug den Kutscher des Wagens mit der Pistole nieder. Der Kutscher war McCarthy.

Ich verschonte ihn, obwohl ich sah, wie er mich mit seinen tückischen kleinen Augen anblickte, als ob er sich jeden einzelnen meiner Züge einprägen wollte.

Das Gold wurde uns nicht mehr abgejagt. Wir schifften uns nach England ein, ohne einen Verdacht zu erregen.

Ich heiratete. Meine Frau starb sehr jung, aber da war Alice, meine Tochter. Schon als sie noch ein Baby war, schien mich ihre winzige Hand auf den rechten Weg zu führen. Mit einem Wort, ich fing ein neues Leben an. Ich tat mein Bestes, die Schuld meiner Vergangenheit abzutragen. Es war alles gut, zu gut. Und eines Tages tauchte McCarthy auf.

Ich war in London, und ich traf ihn in der Regent Street. Er war völlig zerlumpt.

›Hier sind wir, Jack‹, sagte er, als habe er lange auf den Augenblick gewartet. Er nahm mich beim Arm: ›Wir sind zu zweit, ich und mein Sohn, und du darfst von jetzt an für uns sorgen. Wenn nicht – nun, England ist ein gesetzestreues Land, und an jeder Ecke wartet ein Polizist.‹

Sie kamen mit mir hierher. Sie waren nicht mehr abzuschütteln. Seither leben sie von mir auf meinem Eigentum.

Wirklich schlimm wurde es, als Alice größer wurde; denn was ich mehr fürchtete als die Polizei, war der Gedanke, ihr könnte meine Vergangenheit zu Ohren kommen. Für mich gab es keinen

Frieden, kein Vergessen mehr; wohin ich mich auch wandte, McCarthy verfolgte mich. Ich mußte ihm geben, was er wollte, und ich gab ihm alles ohne ein Wort, Land, Geld, Häuser, bis er etwas forderte, was ich ihm nicht geben konnte. Er wollte Alice. Sein Sohn war nun erwachsen, und auch meine Tochter, und da er wußte, daß ich schwer krank war, schien es ihm ein feiner Plan, seinem Sohn mein ganzes Vermögen zuzuschanzen. Aber in diesem Punkt war ich unnachgiebig. McCarthy drohte. Ich blieb fest. An jenem Tag wollten wir uns am Teich auf halbem Weg zwischen unseren Häusern treffen, um die Sache zu besprechen.

Als ich hinkam, sah ich, daß er sich mit seinem Sohn unterhielt. Ich rauchte eine Zigarre und wartete hinter der Buche. Ich hörte, wie er von seinem Sohn verlangte, endlich meine Tochter zu heiraten; er sprach von Alice, als sei sie nicht mehr als ein Stück Dreck. Alles Bittere und Böse, das ich all die Jahre heruntergeschluckt hatte, übermannte mich in diesem Augenblick. Der Gedanke, daß ich das, was mir am teuersten war, einem solchen Manne ausliefern sollte, machte mich wahnsinnig.

Ich war dem Tode nahe. Mein Schicksal war besiegelt – aber mein Kind! Es konnte gerettet werden, wenn ich diesen Teufel zum Schweigen bringen konnte.

So geschah es, Mr. Holmes. Ich würde es wieder tun! Soviel ich auch auf mich geladen habe, ich habe dafür gebüßt; mein Leben war ein Martyrium.

Daß mein Kind sich in den gleichen Stricken verfangen sollte, das war mehr, als ich ertragen konnte.

Ich schlug ihn nieder. Sein Schrei brachte seinen Sohn zurück; aber ich war schon im Walde verschwunden. Ich mußte noch einmal zurück, um meinen Mantel aufzuheben, den ich auf der Flucht fallen ließ. Das ist die Wahrheit.«

»Ich will nicht richten«, sagte Holmes, als der alte Mann das Geständnis unterschrieb.

Holmes blickte auf. »Sie werden sich bald vor einem höheren Gericht als dem Seiner Majestät des Königs von England für Ihre Taten zu verantworten haben«, sagte er. »Ich werde Ihr Geständnis aufbewahren, und nur, wenn McCarthy verurteilt wird, werde ich es vorlegen. Wenn nicht, so wird Ihr Geheimnis bei uns ruhen, ob Sie nun leben oder tot sind.«

James McCarthy wurde auf Grund der Einwände, die Holmes erhoben hatte, freigesprochen. Der alte Turner lebte noch sieben Monate. Jetzt ist auch er tot, und es sieht ganz so aus, als ob Sohn und Tochter vor einem glücklichen gemeinsamen Leben stehen, ohne je etwas von dem zu ahnen, was ihr Leben hätte zerstören können.

Der blaue Karfunkel

Am Morgen des zweiten Weihnachtsfeiertages kam ich zu Sherlock Holmes, um ihm meine Glückwünsche zu überbringen. Er lag auf dem Sofa in einem purpurnen Morgenrock, neben sich den Pfeifenständer und einen Stoß Zeitungen. Vor der Couch stand ein hölzerner Stuhl, über der Lehne hing ein nicht sehr respektabel aussehender Filzhut, ramponiert, mit vielen Beulen. Vergrößerungsglas und Pinzette, die auf dem Stuhlsitz lagen, legten die Vermutung nahe, daß Holmes bei der Arbeit war.
»Hoffentlich störe ich dich nicht«, sagte ich.
»Nicht im geringsten. Ich bin froh, die Sache mit dir besprechen zu können.« Er deutete mit dem Daumen auf den alten Hut. »Da haben wir eine ganz banale Angelegenheit, aber es gibt ein paar Punkte, die gar nicht so uninteressant sind.«
Ich setzte mich in die Nähe des Kamins und rieb mir die Hände am Feuer; draußen war scharfer Frost, und die Fenster waren mit Eiskristallen überzogen.
»Ich nehme an«, sagte ich, »so unscheinbar dies Ding auch aussieht, wahrscheinlich hängen doch Mord und Totschlag daran.«
»Nein, nein. Kein Verbrechen«, Sherlock Holmes lachte. »Nur eine dieser lächerlichen kleinen Begebenheiten, die nun einmal geschehen, wenn einige Millionen Menschen auf ein paar Quadratkilometern zusammen leben müssen. Du kennst doch Peterson, den Kommissar?«
»Ja.«
»Ihm gehört diese Trophäe.«
»Petersons Hut?«
»Nein, er fand ihn. Besitzer unbekannt. Betrachte ihn nun bitte einmal nicht als das, was er ist, eine zerbeulte Melone, sondern als mein Weihnachtsrätsel. Der Hut kam am Weihnachtsmorgen in meine Hände, zusammen mit einer schönen fetten Gans. Das ging so zu: Peterson kam gestern von irgendeiner Feier. Er war auf dem Weg nach Hause, gegen vier Uhr früh. In der Tottenham Court Road sah er einen großgewachsenen Mann vor sich, der

nicht mehr ganz sicher auf den Beinen war und eine Gans über der Schulter trug. Als er an die Ecke Goodge Street kam, stieß er mit einem Haufen junger Rowdys zusammen. Einer der Burschen schlug dem Mann den Hut herunter, woraufhin der mit seinem Stock ausholte, um sich zu verteidigen, und dabei eine Schaufensterscheibe zertrümmerte. Peterson stürzte hinzu, um dem Angegriffenen zu Hilfe zu kommen, aber als der Betrunkene einen Mann in Uniform auf sich zukommen sah, ließ er die Gans fallen, rannte davon und verschwand in einer der vielen kleinen Gassen, die von der Tottenham Court Road abgehen. Die Rowdys waren beim Anblick Petersons ebenfalls von der Bildfläche verschwunden, so daß er schließlich allein auf dem Schlachtfeld zurückblieb; die Siegesbeute, eine zerbeulte Melone und eine prachtvolle Weihnachtsgans, machte ihm niemand mehr streitig.«

»Er gab sie dem Eigentümer nicht zurück?«

»Lieber Watson, das eben ist ja das Problem. Auf einer kleinen Karte, die am linken Gänsebein befestigt war, stand zwar ›Für Mrs. Henry Baker‹, und auch auf dem Hutband sind die Initialen ›H.B.‹ zu erkennen; da es aber etliche Tausend Bakers und selbst noch mehrere Hundert Henry Bakers in unserer Stadt gibt, wird es schwerfallen, dem richtigen sein Eigentum wieder zuzustellen.«

»Was machte Peterson denn nun?«

»Er brachte mir am Weihnachtsmorgen Hut und Gans ins Haus. Die Gans haben wir bis heute morgen aufbewahrt, aber trotz der kühlen Witterung zeigte es sich nun, daß sie ohne weitere Verzögerung verzehrt werden muß. Der Finder hat sie deshalb mitgenommen, um ihr das Schicksal einer Weihnachtsgans zu bereiten. Ich hüte weiterhin den Hut des Unbekannten, der sein Festessen verloren hat.«

»Hat er nicht annonciert?«

»Nein.«

»Was hast du dann für Hinweise auf seine Identität?«

»Nur das, was sich von seinem Hut ableiten läßt.«

»Von seinem Hut?«

»Natürlich.«

»Jetzt machst du dich lustig über mich. Was kann dir diese alte, zerbeulte Melone sagen?«
»Ich habe mein Vergrößerungsglas. Du kennst meine Methode. Was sagt dir dieses Stück über die Persönlichkeit seines Trägers?«
Ich nahm die zerbeulte Melone in die Hand; es war ein gewöhnlicher steifer schwarzer Hut, allerdings recht abgetragen. Er war einmal mit roter Seide gefüttert worden, die sich aber im Lauf der Jahre verfärbt hatte. Nirgends der Name des Hutmachers, doch, wie Holmes schon gesagt hatte, mit Wäschetinte eingekritzelt die Initialien H.B. Die Krempe war für ein Gummiband durchstochen, das Band selbst fehlte. Im übrigen fand ich an einigen Stellen deutlich erkennbare Flecken, obwohl anscheinend der Versuch unternommen worden war, die verfärbten Stellen mit Tinte zu überdecken.
»Ich kann nichts finden«, sagte ich und gab den Hut zurück.
Holmes nahm ihn in die Hand und betrachtete ihn mit der ihm eigenen Konzentration. »Dieser Mann war in den letzten drei Jahren ganz gut gestellt, jetzt allerdings muß es ihm ziemlich schlechtgehen. Er war sicher einmal vorsorglicher als heute, was auf einen moralischen Verfall schließen läßt. Wenn man das im Zusammenhang mit der Verschlechterung seiner wirtschaftlichen Lage sieht, möchte ich auf negative Einflüsse tippen, wahrscheinlich Trunksucht. Das mag auch der Grund für die ganz offensichtliche Tatsache sein, daß seine Frau ihn nicht mehr liebt.«
»Aber Holmes, lieber Holmes!«
»Er hat sich jedoch ein gewisses Maß an Selbstachtung erhalten«, fuhr er fort, ohne meinen Einwand zu beachten. »Er führt ein ruhiges Leben, geht wenig aus. Er ist körperlich nicht sehr in Form, Mitte Vierzig, hat graue Haare, die er in den letzten Tagen schneiden ließ und mit Birkenhaarwasser pflegt. Außerdem halte ich es für unwahrscheinlich, daß sein Haus einen Gasanschluß hat.«
»Das kann doch nicht dein Ernst sein, Holmes.«
»Selbstverständlich. Ist es denn möglich, daß du, nachdem ich dir die Ergebnisse meiner Untersuchung gesagt habe, immer noch nicht weißt, wie ich sie gewann?«

»Ich muß gestehen, daß ich dir nicht folgen kann. Wie kommst du zum Beispiel auf die Verschlechterung seiner wirtschaftlichen Lage?«
»Dieser Hut ist drei Jahre alt. Die flachen, nach oben aufgeschlagenen Krempen waren damals Mode. Es ist ein Hut von allerbester Qualität. Sieh dir das Seidenband und die herrliche Fütterung an. Wenn dieser Mann sich vor drei Jahren einen so teuren Hut leisten konnte und wenn er sich seither keinen neuen Hut mehr gekauft hat, dann kann es ihm nicht mehr so gutgehen wie früher.«
»Das leuchtet ein. Aber wie steht es mit dem vorsorglichen Charakter und dem moralischen Verfall?«
Sherlock Holmes lachte. »Hier ist der Charakter.« Er legte den Zeigefinger auf das Loch in der Krempe, durch das einst das Gummiband lief. »Hüte werden nie mit diesen Gummibändern verkauft. Wenn dieser Mann es sich einarbeiten ließ, dann zeigt es mir, daß er einen vorzüglichen Charakter hat, da er sich die Mühe machte, eine Vorsichtsmaßnahme gegen heftige Windstöße zu treffen. Aber das Gummiband riß, und er hat es nicht wieder ersetzen lassen, also ist er nicht mehr so vorsorglich wie früher. Andererseits hat er sich Mühe gegeben, die schlimmsten Flecke mit Tinte zu überdecken, und das zeigt mir, daß er noch nicht alle Selbstachtung verloren hat.«
»Alles sehr plausibel.«
»Die weiteren Punkte – daß er um die Vierzig ist, graue Haare hat und erst beim Friseur war und Birkenhaarwasser benutzt – sind alle das Ergebnis einer genauen Untersuchung des Hutfutters. Mit Hilfe des Vergrößerungsglases sind eine ganze Menge eindeutig von einer Schere glatt abgeschnittene Haarspitzen zu erkennen. Dann ist da der unverkennbare Geruch von Birkenhaarwasser. Der Staub – wenn du ihn genau betrachtest, nicht sandiger, grauer Straßenstaub, sondern eher der flockige braune Staub, der sich im Hause ansammelt – beweist, daß der Hut meistens auf einem Garderobenhaken hängt. Die Verfärbungen des Hutbandes, die nur von Feuchtigkeit herrühren können, zei-

gen, daß der Träger stark schwitzte und demnach körperlichen Strapazen nicht mehr sehr gewachsen war.«

»Aber seine Frau – du sagtest, sie liebe ihn nicht mehr.«

»Dieser Hut ist schon seit Wochen nicht mehr gebürstet worden. Wenn ich dich, mein lieber Watson, mit einer Wochenportion Staub auf deinem Hut erblicke, wenn deine Frau dich also so ausgehen läßt, dann werde ich mit Bedauern feststellen, daß auch du das Unglück hattest, die Zuneigung deiner Frau zu verlieren.«

»Er könnte ja Junggeselle sein.«

»Nein, die Gans war doch wohl als Friedensangebot für seine Frau gedacht. Denke an die Karte, die um den Fuß des Vogels gebunden war.«

»Du weißt auch auf alles eine Antwort. Aber wie kommst du denn darauf, daß er keinen Gasanschluß in seinem Haus hat?«

»Ein Talgflecken oder zwei auf dem Hut könnten Zufall sein, aber wenn ich nicht weniger als fünf sehe, dann ist es wohl eindeutig, daß der Träger des Hutes häufig mit einer brennenden Kerze in Berührung kommt. Wahrscheinlich steigt er nachts mit dem Hut in der einen und der Kerze in der anderen Hand die Treppe hinauf. Wie dem auch sei, von Gaslicht kann er jedenfalls keine Talgflecken bekommen. Zufrieden?«

»Genial«, sagte ich und lachte; »aber da ja, wie du sagtest, kein Verbrechen begangen wurde und außer dem Verlust einer Gans auch nichts weiter zu beklagen ist, scheint mir deine Mühe doch eine große Energieverschwendung zu sein.«

Sherlock Holmes setzte eben zu einer Antwort an, als die Tür aufgerissen wurde und Kommissar Peterson mit fassungslosem Gesicht ins Zimmer stürzte.

»Die Gans, Mr. Holmes! Die Gans, Sir!« keuchte er.

»Nun, was ist denn damit? Ist sie durchs Küchenfenster entwischt?«

»Schauen Sie, Sir! Schauen Sie, was meine Frau im Kropf gefunden hat!« In seiner ausgestreckten Hand lag ein gleißender, bläulicher Stein, etwas kleiner vielleicht als eine Bohne und von einer so wundervollen Reinheit, daß er in der dunklen Höhlung seiner Hand wie eine Flamme funkelte.

Sherlock Holmes setzte sich auf. »Donnerwetter, Peterson«, sagte er, »Sie sind ja der reinste Schatzgräber! Ich denke doch, Sie wissen, was Sie da in Ihrer Hand haben?«

»Einen Diamanten, Sir! Einen wertvollen Stein!«

»Es ist mehr als irgendein wertvoller Stein. Es ist *der* Stein ...«

»Doch nicht der blaue Karfunkel der Gräfin von Morcar?« rief ich.

»Erraten, Watson. Ich weiß über Größe und Form Bescheid. Die Times hat ihn in der letzten Zeit oft beschrieben. Er ist absolut einmalig, und über seinen Wert kann man nur Mutmaßungen anstellen. Die ausgesetzte Belohnung von tausend Pfund ist sicherlich nicht einmal der zwanzigste Teil seines Marktpreises.«

»Tausend Pfund! Guter Gott!« Kommissar Peterson ließ sich auf einen Stuhl fallen und starrte von einem zum andern.

»Er verschwand, wenn ich mich recht erinnere, im Cosmopolitan Hotel«, sagte ich.

»Ja, am 22. Dezember, vor fünf Tagen also. Man beschuldigte den Spengler John Horner, ihn aus der Schmuckkassette der Gräfin entwendet zu haben. Das Beweismaterial gegen ihn war so erdrückend, daß die Sache bereits vor Gericht gegangen ist. Ich muß etwas darüber haben.« Er wühlte in seinen Zeitungen, zog schließlich eine heraus und strich sie glatt. Er las:

»Juwelenraub im Cosmopolitan Hotel. John Horner, 26, Spengler, wurde beschuldigt, am 22. dieses Monats einen wertvollen Stein, der unter dem Namen ›Der blaue Karfunkel‹ bekannt ist, aus der Schmuckkassette der Gräfin von Morcar entwendet zu haben. James Ryder, Hotelangestellter, gab zu Protokoll, daß er Horner am Tage des Raubes ins Ankleidezimmer der Gräfin geführt habe, wo der Spengler eine lose Eisenstange am Kaminrost neu befestigen sollte. Ryder war ein paar Minuten mit Horner im Raum geblieben, dann aber weggerufen worden. Als er zurückkam, stellte er fest, daß Horner verschwunden und der Schreibtisch aufgebrochen worden war; die kleine lederbezogene Kassette, in der, wie später durchsickerte, die Gräfin den Stein zu verwahren pflegte, lag leer auf dem Frisiertisch. Ryder alar-

mierte sofort die Polizei. Horner wurde noch am selben Abend verhaftet; der Stein konnte weder durch eine Leibesvisitation noch durch eine gründliche Durchsuchung seiner Räume sichergestellt werden. Catherine Cusack, die Zofe der Gräfin, sagte aus, sie sei, als sie Ryders Entsetzensschrei hörte, unmittelbar darauf ins Zimmer gestürzt, wo sie alles genauso vorfand, wie der Zeuge Ryder es beschrieben hatte.
Inspektor Bradstreet gab zu Protokoll, Horner habe sich heftig gegen seine Verhaftung gewehrt und mit wütenden Protesten seine Unschuld beteuert. Da der Verhaftete wegen Raubes vorbestraft war, wurde die Anklage dem Landgerichtshof zugeleitet.«
»Hm, soweit also der Polizeibericht«, Holmes schob nachdenklich die Zeitung zur Seite. »Es gilt also nun, die fehlenden Zwischenglieder der Kette zu finden, an deren Anfang eine ausgeraubte Schmuckkassette und an deren Ende ein Gänsekopf aus der Tottenham Court Road steht. Hier ist der Stein. Der Stein kam aus der Gans. Die Gans kam von Mr. Henry Baker, dem Herrn mit dem ramponierten Hut. Wir müssen uns jetzt also ernsthaft auf die Suche nach diesem Herrn machen und herausfinden, was für eine Rolle er in dieser mysteriösen Angelegenheit spielt. Am besten setzen wir ein Inserat in die Abendzeitungen.«
»Was willst du inserieren?«
»Gib mir Bleistift und Papier. ›Ecke Goodge Street gefunden: Gans und schwarzer steifer Hut. Mr. Henry Baker wird gebeten, heute abend 18.30 Uhr in Baker Street 221 B vorzusprechen.‹«
»Ob er das Inserat lesen wird?«
»Nun, er wird bestimmt die Zeitungen verfolgen. Sein Pech mit der eingeschlagenen Scheibe und dann noch der Anblick Petersons haben ihn so verstört, daß er nur noch an Flucht dachte; aber seither hat er es höchstwahrscheinlich schon bitter bereut, daß er seinen Vogel hat fallen lassen. Und dann habe ich mit Absicht seinen Namen genannt, jeder, der ihn kennt, wird ihn darauf hinweisen. — Peterson, geben Sie doch bitte die Anzeige so auf, daß sie heute abend noch erscheint.«
»Gern, Sir. Und der Stein?«

»Ja, der Stein – ich werde ihn aufbewahren. Und, Peterson, kaufen Sie doch auf dem Rückweg eine Gans und bringen Sie sie mit. Der Herr soll noch zu seinem Festbraten kommen.«
Als der Kommissar gegangen war, nahm Holmes den Stein in die Hand und hob ihn gegen das Licht. »Ein wundervolles Stück«, sagte er. »Sieh dir mal an, wie er glitzert und funkelt. Ich werde ihn in meinem Safe einschließen und die Gräfin benachrichtigen, daß wir ihn haben.«
»Hältst du diesen Horner für unschuldig?«
»Glaubst du, daß dieser andere, Henry Baker, etwas mit der Sache zu tun hat?«
»Ich weiß es nicht.«
»Ich glaube, Henry Baker ist unschuldig und hatte nicht die geringste Ahnung, daß der Vogel, den er da über der Schulter trug, mehr wert war, als wenn er aus purem Gold gewesen wäre. Das wird sich jedoch sehr schnell feststellen lassen, wenn wir die Antwort auf unser Inserat haben.«
»Und bis dahin kannst du nichts unternehmen?«
»Nichts.«
»In diesem Fall werde ich meine Krankenbesuche erledigen. Aber ich werde zeitig zurück sein. Ich möchte doch mit ansehen, was sich aus dieser verzwickten Geschichte ergibt.«
»Das würde mich freuen. Ich esse um sieben. Es gibt Waldschnepfe. Mein Gott, daß ich das nicht vergesse – ich muß Mrs. Hudson bitten, sich den Kropf samt Inhalt genau anzusehen.«
Ich war bei einem Kranken etwas aufgehalten worden, und es war schon nach halb sieben, als ich wieder in der Baker Street anlangte. Wie ich auf das Haus zuschritt, sah ich einen großen Mann mit einer Schottenmütze vor der Tür warten. Dann wurde die Tür geöffnet, und man führte uns in Holmes' Zimmer.
»Mr. Henry Baker, wenn mich nicht alles täuscht«, sagte Holmes. Er erhob sich und begrüßte seinen Besucher. »Setzen Sie sich doch in den Stuhl beim Feuer, Mr. Baker. Es ist eine kalte Nacht. Ist das Ihr Hut, Mr. Baker?«
»Ja, Sir, das ist allerdings mein Hut.«

Er war ein großer Mann mit hängenden Schultern und einem breitflächigen, intelligenten Gesicht, das von einem grauen Bart umrahmt wurde. Das leichte Zittern seiner ausgestreckten Hand schien Holmes' Vermutung, daß Mr. Baker zuviel trank, zu bestätigen. Sein schwarzer Mantel war bis zum Hals zugeknöpft. An den Handgelenken, die aus dem Ärmel sahen, war nichts von einer Manschette oder einem Hemd zu entdecken. Er sprach leise und abgehackt, aber er wählte seine Worte sehr sorgfältig. Er machte auf mich den Eindruck eines Mannes von Bildung, mit dem es das Schicksal nicht gerade gut gemeint hatte.

»Wir haben die Sachen ein paar Tage aufbewahrt«, sagte Holmes, »da wir erwarteten, eine Annonce mit Ihrer Adresse zu finden. Ich verstehe nicht ganz, warum Sie nicht inserierten.«

Das Lachen unserer Besuchers klang etwas verschämt. »Die Münzen sitzen mir augenblicklich nicht mehr so locker wie einst«, sagte er. »Ich zweifelte keine Sekunde daran, daß die Rowdys, die mich angegriffen haben, meinen Hut und den Vogel mitlaufen ließen. Ich sah nicht ein, warum ich auch noch für den aussichtslosen Versuch, die Sachen wiederzubekommen, mein Geld ausgeben sollte.«

»Verständlich. Übrigens, die Gans – wir mußten sie essen.«

»Essen!« Mr. Baker sprang auf.

»Ja, es hätte keinem etwas genützt, wenn wir sie hätten verderben lassen. Aber ich möchte annehmen, daß diese andere Gans hier, die etwa das gleiche Gewicht hat und ganz frisch ist, Sie darüber hinwegtrösten wird.«

»Aber sicher, sicher!« Mr. Baker seufzte erleichtert.

»Wir haben natürlich noch Federn, Beine, Kropf von Ihrem eigenen Vogel, wenn Sie Wert darauf legen sollten ...«

Der Mann lachte hell. »Als Erinnerungsstück an mein Abenteuer, was?« sagte er. »Nein, Sir, da werde ich lieber, mit Ihrer Erlaubnis, meine ganze Liebe auf das prachtvolle Tier konzentrieren, das ich hier auf Ihrem Büfett erblicke.«

Sherlock Holmes blickte mich an und zuckte leicht mit den Schultern. Dann wandte er sich wieder an Mr. Baker. »Würden Sie mir vielleicht freundlicherweise noch sagen, wo Sie die andere Gans gekauft haben? Sie war einfach herrlich.«

»Aber gern«, sagte Baker, »ein paar Kollegen und ich verkehren häufig im ›Alpha Inn‹ beim Museum – ich arbeite im Museum, müssen Sie wissen. Dieses Jahr gründete Windigate, unser Wirt, einen Gänseklub. Wir bezahlten jede Woche ein paar Pennies, und zu Weihnachten sollten wir dann eine Gans bekommen. Den Rest kennen Sie ja. Ich bin Ihnen zu großem Dank verpflichtet, Sir.« Er machte schmunzelnd eine tiefe Verbeugung und nahm seine Gans und seinen Hut.

»Damit wäre Mr. Henry Baker erledigt«, sagte Holmes, als die Tür sich hinter diesem geschlossen hatte. »Fest steht, daß er nichts über die ganze Sache weiß. Hungrig, Watson?«

»Nicht sehr.«

»Also schlage ich vor, daß wir schnell essen und dann die Spur aufnehmen.«

Wir aßen und zogen uns warm an, denn es war eine bitterkalte Nacht. Eine Viertelstunde später waren wir beim »Alpha Inn«, einem kleinen Restaurant in Bloomsbury. Holmes bestellte bei dem Wirt in der weißen Schürze zwei Glas Bier.

»Ihr Bier muß hervorragend sein, wenn es so gut ist wie Ihre Gänse«, sagte er.

»Meine Gänse?« Der Mann schien überrascht.

»Ja. Vor einer halben Stunde erst sprach ich mit Mr. Henry Baker, der Ihrem Gänseklub angehört.«

»Ach so, ich verstehe. Das sind nicht *unsere* Gänse, Sir.«

»Aha. Woher haben Sie sie?«

»Ich habe sie von einem Händler in Covent Garden.«

»Da kennne ich auch ein paar. Von wem denn?«

»Breckinridge heißt er.«

»Den Namen habe ich noch nicht gehört. Breckinridge also. Wir müssen weiter. Gute Nacht.«

»Auf zu Mr. Breckinridge«, fuhr er fort, als wir wieder draußen waren. »Vergiß nicht, Watson, wenn auch am einen Ende dieser Kette ein so braves Tier wie eine Weihnachtsgans hängt, am anderen Ende hängt ein Mann, auf den mit Sicherheit sieben Jahre Gefängnis warten, wenn wir nicht Beweise für seine Unschuld beibringen. Allerdings – möglich, daß unsere Untersuchungen seine Schuld bestätigen. Wie dem auch sei, wir haben eine Spur. Verfolgen wir sie weiter.«

An einem der Stände des Covent-Garden-Marktes stand der Name Breckinridge. Der Inhaber, ein Mann mit einem Pferdegesicht und langen Koteletten, war dabei, seinen Stand zu schließen.
»Guten Abend. Eine kalte Nacht«, sagte Holmes.
Der Händler nickte und blinzelte meinen Freund fragend an.
»Alles ausverkauft, wie ich sehe«, sagte Holmes und deutete auf die leeren Regale.
»Morgen früh können Sie wieder fünfhundert Stück haben.«
»Das hilft mir nichts.«
»Im letzten Stand da hinten gibt es noch welche.«
»Sie wurden mir empfohlen.«
»Von wem?«
»Vom Wirt des ›Alpha Inn‹.«
»Ah ja, dem habe ich zwei Dutzend verkauft.«
»Waren sehr schöne Vögel. Wo haben Sie die denn her?«
Zu meiner Überraschung löste diese Frage einen Wutanfall bei dem Händler aus.
»He, Sie«, sagte er, legte den Kopf zurück und krempelte die Ärmel hoch, »was wollen Sie denn eigentlich?«
»Ich möchte wissen, wer Ihnen die Gänse verkaufte, die Sie dem ›Alpha‹ lieferten.«
»So ist das also. Das werden Sie nicht erfahren. Sonst noch was?«
»Oh, es ist nicht weiter wichtig; aber warum regen Sie sich so auf?«
»Aufregen! Sie würden sich an meiner Stelle wahrscheinlich genauso aufregen. Wenn ich gutes Geld für gute Ware zahle, dann sollte es damit sein Bewenden haben. Aber nun geht's die ganze Zeit: ›Wo sind die Gänse?‹ und ›Wem haben Sie diese Gänse verkauft?‹ – Man könnte ja glauben, das seien die einzigen Gänse auf der ganzen Welt.«

»Ich habe nichts mit irgendwelchen Leuten zu tun, die bei Ihnen nachfragten«, sagte Holmes leichthin. »Wenn Sie es uns nicht sagen wollen, gilt die Wette eben nicht. Aber ich bleibe bei meiner Meinung, verstehen Sie, ich habe einen Fünfer gewettet, daß der Vogel, den ich aß, vom Land kommt.«
»Dann haben Sie Ihren Fünfer verloren. Die Gans kam nicht vom Land.«
»Das kann nicht sein.«
»Wenn ich es aber sage.«
»Sie können gut reden.«
»Bilden Sie sich ein, Sie verstehen mehr vom Geflügel als ich? Ich handle schließlich damit, und nicht erst seit gestern. Ich sage Ihnen, alle Vögel, die ich ans ›Alpha‹ geliefert habe, sind aus der Stadt.«
»Das können Sie mir nicht weismachen.«
»Wollen Sie wetten?«
»Damit würde ich Ihnen nur das Geld aus der Tasche ziehen. Aber gut. Ich setze einen Sovereign, und sei es nur, um Ihnen Ihren Dickschädel heimzuzahlen.«
Der Händler grinste. »Bring mir die Bücher, Bill«, sagte er zu dem Jungen, der neben ihm stand.
Der Junge brachte ein dünnes Heft und eine dicke, speckige Schwarte herbei.
»Jetzt wollen wir einmal sehen, Sie Gänsekenner«, sagte der Händler. »Sehen Sie das kleine Buch hier? Das ist die Liste von den Züchtern, bei denen ich kaufe. Sehen Sie? Hier auf dieser Seite stehen die Züchter vom Land, und unter den Nummern hinter ihren Namen finden Sie ihre Abrechnungen im Zahlbuch. Und hier, die Liste in roter Tinte – das sind die Namen der Lieferanten aus der Stadt. Sehen Sie sich den dritten Namen von oben einmal an.«
»Mrs. Oakshott, 117 Brixton Road – 249«, las Holmes.
»Stimmt. Und jetzt schlagen Sie das im Zahlbuch auf.«
Holmes schlug Seite 249 auf. »Hier, Mrs. Oakshott, 117 Brixton Road, Eier und Geflügelzucht.«

»Ja, und die letzte Eintragung?«
»22. Dezember. Vierundzwanzig Gänse zu 7 Shilling 6 Pence.«
»Stimmt. Und was steht darunter?«
»Verkauft an Mr. Windigate, Alpha Inn, zu je 12 Shilling.«
»Was sagen Sie jetzt?«
Sherlock Holmes zog einen Sovereign aus der Tasche, warf ihn auf den Ladentisch, drehte sich mit der Miene eines zutiefst verletzten Mannes ab und ging.
Zehn Meter weiter blieb er unter einer Straßenlaterne stehen. »Bei diesen Brüdern ist eine Wette der einzige Weg«, sagte er, auf seine Art lautlos in sich hineinlachend. »Ich möchte ...« Plötzlich verstummte er. Von dem Stand, aus dem wir eben gekommen waren, ertönte lautes Geschrei. Als wir uns umwandten, sahen wir einen schmächtigen Burschen vor der Tür der Bude stehen, während Breckinridge auf der Schwelle wild die Fäuste ballte.
»Jetzt habe ich aber genug von euch und euren Gänsen!« schrie er. »Der Teufel soll euch holen, alle miteinander. Wenn Sie mir noch einmal mit Ihrer blöden Fragerei kommen, lasse ich den Hund los! Was haben Sie überhaupt damit zu tun? Habe ich die Viecher etwa von Ihnen gekauft?«
»Nein; aber eine davon gehörte mir«, jammerte der Mann. »Dann fragen Sie doch Mrs. Oakshott danach!«
»Sie sagte, ich solle Sie fragen.«
»Von mir aus können Sie den König von China fragen. Ich habe jetzt genug. Raus hier!« Er machte drohend einen Schritt vorwärts. Der Kleine verschwand in der Dunkelheit.
»Das kann uns einen Besuch in der Brixton Road ersparen«, flüsterte Holmes. »Komm mit, wir wollen uns mal den Burschen genauer ansehen.« Bald holte Holmes den kleinen Mann ein und klopfte ihm auf die Schulter. Selbst im schwachen Licht der Laternen konnte ich erkennen, daß er aschfahl wurde.
»Wer sind Sie? Was wollen Sie?« fragte er mit bebender Stimme.
»Entschuldigen Sie«, sagte Holmes kurz, »aber ich hörte zufällig die Fragen, die Sie dem Händler stellten. Ich glaube, ich könnte Ihnen vielleicht helfen.«

»Sie? Wer sind Sie? Was wissen Sie von der ganzen Sache?«
»Mein Name ist Sherlock Holmes. Ich weiß von Berufs wegen, was andere Leute nicht wissen.«
»Aber davon können Sie doch nichts wissen!«
»Ich weiß sehr viel. Zum Beispiel, daß Sie versuchen, die Gänse wiederzufinden, die Mrs. Oakshott aus der Brixton Road einem Händler namens Breckinridge verkaufte, die dieser an Mr. Windigate vom ›Alpha Inn‹ weiterverkaufte, der sie seinem Klub lieferte, dessen Mitglied Mr. Henry Baker ist.«
»O Sir, dann sind Sie genau der Mann, den ich suche.«
Sherlock Holmes winkte einer Droschke, die eben vorbeifuhr. »Dann unterhalten wir uns darüber. Aber nicht hier auf diesem windigen Marktplatz«, sagte er. »Ehe wir weitergehen, sagen Sie bitte: Mit wem habe ich das Vergnügen?«
Der Mann zögerte eine Sekunde. »John Robinson«, sagte er dann und blickte zur Seite.
»Nein, nein, Ihr richtiger Name«, sagte Holmes freundlich.
Das weiße Gesicht des Fremden rötete sich. »Nun gut«, sagte er. »James Ryder ist mein Name.«
»Richtig. Hotelangestellter im Cosmopolitan. Steigen Sie bitte ein. Ich werde Ihnen bald alles erzählen können, was Sie wissen möchten.«
Der kleine Mann blickte von einem zum anderen. In seinen Augen stritten sich Angst und Hoffnung. Dann stieg er ein. Eine halbe Stunde später saßen wir wieder im warmen Zimmer in der Baker Street. Während der Fahrt war kein Wort gesprochen worden, aber sein schneller Atem und das unruhige Spiel seiner Hände verrieten, daß James Ryder reichlich nervös war.
»Da wären wir«, sagte Holmes munter. »Sie sehen ganz erfroren aus, Mr. Ryder. Bitte, nehmen Sie Platz. Jetzt wollen Sie sicher gern wissen, was aus diesen Gänsen wurde?«
»Ja, Sir.«
»Oder genauer – aus der einen Gans. Es war doch wohl nur ein Tier, an dem Sie interessiert waren! – Weißgefiedert mit einem schwarzen Fleck über dem Schwanz?«

Ryder zitterte vor Erregung. »Können Sie mir sagen, wohin sie ging?«

»Hierher.«

»Hierher?«

»Ja. Ein ganz erstaunlicher Vogel. Er legte noch ein Ei, nachdem er schon tot war. – Das herrlichste Ei, das je ein Vogel gelegt hat. Ein blaues Ei. Ich habe es hier in meinem Safe.«

James Ryder erhob sich taumelnd. Er umklammerte den Kaminsims mit seiner rechten Hand. Holmes schloß sein Safe auf und hielt den blauen Karfunkel hoch, der in seiner kalten, unirdischen Schönheit wie ein Stern funkelte. Ryder starrte mit verzerrtem Gesicht darauf.

»Das Spiel ist aus, Ryder«, sagte Holmes ruhig. »Führe ihn zu seinem Stuhl zurück, Watson. Für einen Gauner ist er nicht kaltblütig genug. Gib ihm einen Brandy. – So! Jetzt sieht er wieder etwas menschlicher aus.«

Der Brandy brachte wieder Farbe in Ryders Wangen, und er starrte mit schreckgeweiteten Augen auf seinen Ankläger.

»Ich habe so gut wie alle Fäden in der Hand, und auch alle Beweise, die ich brauche, viel müssen Sie mir gar nicht mehr erzählen. Sie hatten also von diesem blauen Diamanten der Gräfin von Morcar gehört?«

»Catherine Cusack erzählte mir davon«, sagte er heiser.

»Die Zofe der Gräfin. Der Versuchung, mit einem Schlag ein steinreicher Mann zu werden, konnten Sie also nicht widerstehen; nun, ihr ist schon mancher erlegen. Sie zeigten nicht viel Skrupel. Sie wußten, daß Horner, der Spengler, seine Finger schon einmal an einer solchen Sache verbrannt hatte und daß jeder Verdacht deshalb automatisch auf ihn fallen würde. Was machten Sie also? Sie beschäftigten sich ein wenig mit dem Kaminrost im Zimmer der Gräfin – Sie und Ihre Helfershelferin Cusack – und arrangierten es so, daß Horner der Mann war, den man zur Reparatur holte. Als er dann weggegangen war, brachen Sie die Schmuckkassette auf, alarmierten die Polizei und sahen ruhig zu, wie der Spengler verhaftet wurde. Dann ...«

Ryder warf sich plötzlich auf den Boden. »Um Gottes willen! Haben Sie doch Erbarmen!« schrie er. »Denken Sie an meine Eltern! Ich habe mir noch nie etwas zuschulden kommen lassen. Ich will es nie wieder tun! Das schwöre ich. Bringen Sie mich nicht vors Gericht! Ich flehe Sie an!«

»Setzen Sie sich auf Ihren Stuhl«, sagte Holmes streng. »Jetzt jammern Sie, aber an den armen Horner verschwendeten Sie keinen Gedanken, als er eines Verbrechens angeklagt wurde, von dem er nichts wußte.«

»Ich werde fliehen und das Land verlassen, Mr. Holmes. Dann wird man die Anklage gegen ihn fallenlassen.«

»Darüber sprechen wir noch. Jetzt will ich erst hören, wie sich der zweite Akt des Dramas abgespielt hat. Wie kam der Stein in die Gans, und wie gelangte die Gans auf den Markt? Sagen Sie die Wahrheit, darin liegt Ihre einzige Chance.«

Ryder befeuchtete seine trockenen Lippen. »Als Horner verhaftet war, schien es mir das beste, den Stein sofort verschwinden zu lassen. Ich konnte nicht wissen, wann es der Polizei einfallen würde, mein Zimmer zu durchsuchen. Im Hotel gab es kein sicheres Versteck. Ich verließ das Hotel und ging zu meiner Schwester. Sie und ihr Mann, Oakshott, haben in der Brixton Road eine Geflügelzucht. Meine Schwester fragte mich, was denn los sei und warum ich so blaß sei. Ich sagte ihr, daß der Juwelenraub im Hotel mich aus der Fassung gebracht habe. Dann ging ich auf den Hof und überlegte mir, was ich tun könnte.

Ich hatte einen Freund; er war auf Abwege geraten und erst vor kurzem aus dem Gefängnis entlassen worden. Wir hatten uns eines Tages zufällig getroffen, und das Gespräch war auf Diebe gekommen und wie man Diebesbeute beiseite schafft. Ich wußte, daß er mich nicht im Stich lassen würde. Ich entschloß mich, ihn ins Vertrauen zu ziehen. Er würde einen Weg wissen, wie sich der Stein zu Geld machen ließ. Aber wie kam ich ohne Gefahr nach Kilburn, wo er wohnte?

Ich hatte schon tausend Ängste durchgestanden auf dem Weg vom Hotel nach hier. Ich konnte jeden Moment verhaftet werden, und

dann würden Sie den Stein bei mir finden. Plötzlich kam mir die Idee, wie ich auch den besten Detektiv hinters Licht führen könnte.
Meine Schwester hatte mir schon vor Wochen gesagt, ich dürfte mir zu Weihnachten eine Gans aussuchen. Ich würde mir meine Gans schon jetzt nehmen und in ihr den Stein nach Kilburn befördern. Im Hof war ein kleiner Schuppen. Hinter diesen trieb ich eines der Tiere, eine schöne weiße Gans mit einem schwarzen Fleck über dem Schwanz. Ich fing sie ein und steckte ihr den Stein in die Kehle. Sie schluckte, und der Stein rutschte hinunter. Aber das Vieh flatterte und kreischte, und meine Schwester stürzte aus dem Haus.
›Was machst du denn bloß mit der Gans, Jem?‹ fragte sie.
›Du hast doch gesagt, du würdest mir eine zu Weihnachten schenken‹, sagte ich, ›und ich suche mir eben die fetteste aus.‹
›Oh‹, sagte sie, ›deine haben wir schon ausgesucht. Jems Vogel nennen wir sie. Die große weiße da drüben.‹
›Vielen Dank, Maggie‹, sagte ich, ›aber wenn es dir gleich ist, möchte ich lieber die nehmen, die ich eben in der Hand hatte.‹
›Die andere ist aber gute drei Pfund schwerer‹, sagte sie, ›wir haben sie für dich gemästet.‹
›Macht nichts‹, sagte ich, ›ich möchte lieber die andere, ich nehme sie gleich mit.‹
›Wie du willst‹, sagte sie ein wenig verschnupft. ›Welche ist es denn?‹
›Die weiße mit dem schwarzen Fleck über dem Schwanz da hinten.‹
›Mir soll's recht sein. Du kannst sie gleich schlachten und mitnehmen.‹
Nun, das habe ich gemacht. Mr. Holmes, und den Vogel nach Kilburn gebracht. Ich erzählte meinem Freund, was ich getan hatte, und er lachte, bis er am Ersticken war. Dann schnitten wir die Gans auf. Mir blieb das Herz stehen, denn da war keine Spur von einem Stein. Ich eilte zu meiner Schwester und stürzte auf den Hof. Da war nicht mehr ein einziger Vogel zu sehen.
›Wo sind die Gänse, Maggie?‹ schrie ich.

›Beim Händler!‹
›Welchem Händler?‹
›Breckinridge von Covent Garden.‹
›Hattest du zwei mit einem schwarzen Fleck über dem Schwanz?‹ fragte ich.
›Ja, Jem, davon hatten wir zwei, die konnte selbst ich nicht auseinanderhalten.‹
Ich kam auch bei diesem Breckinridge zu spät; er hatte sie sofort alle weiterverkauft, wohin, war von ihm nicht zu erfahren. Sie haben ihn ja selbst gehört. Meine Schwester glaubt, ich sei auf dem besten Weg, wahnsinnig zu werden. Manchmal glaube ich das selber. Und jetzt – jetzt bin ich gezeichnet als Dieb, für immer! Mein Gott! Mein Gott!« Er schlug die Hände vors Gesicht.
Es war ganz still im Zimmer. Man hörte nur seinen schweren Atem und das rhythmische Klopfen, das Holmes' Finger auf der Tischkante vollführten.
»Gehen Sie!« sagte Holmes dann.
»Was, Sir?«
»Kein Wort mehr. Gehen Sie jetzt!«
Es waren keine Worte mehr nötig. Ryder stürzte aus der Tür, raste die Treppen hinunter und warf die Tür hinter sich ins Schloß. Von der Straße her hörte man noch das Geräusch rasch sich entfernender Schritte.
»Schließlich, lieber Watson«, sagte Holmes und griff nach seiner Pfeife, »bin ich nicht von der Polizei engagiert, um ihre Pannen wieder auszubügeln. Wenn Horner in Gefahr wäre, das wäre etwas anderes, aber der Bursche wird nicht gegen ihn aussagen. Ich übertrete wahrscheinlich das Gesetz, aber es besteht immerhin die Möglichkeit, daß ich auf diese Weise eine Seele rette. Der Bursche wird nicht rückfällig werden, glaube ich. Dazu hat er zuviel Angst. Schickt man ihn jetzt ins Zuchthaus, bleibt er ein Zuchthausvogel sein Leben lang.
Das Schicksal hat uns ein wunderliches Weihnachtsrätsel aufgegeben, aber schließlich – es gibt für alles eine Lösung.«

Die fünf Orangenkerne

Es begann an einem der letzten Septembertage des Jahres 1887. Die Herbststürme tobten mit außergewöhnlicher Gewalt über das Land. Gegen Abend wütete der Sturm immer heftiger, und der Wind ächzte im Kamin. Sherlock Holmes saß vor dem offenen Feuer und blätterte in seinen Aufzeichnungen. Meine Frau war verreist, und für ein paar Tage war ich wieder Gast in meiner alten Wohnung in der Baker Street.

»Hast du nichts gehört?« fragte ich und blickte meinen Freund an. »Hat da nicht jemand geläutet? Wer kann das sein? Erwartest du jemanden? Einen Freund?«

»Außer dir habe ich keine Freunde«, sagte er. »Und von Besuchen halte ich nichts.«

»Ein Klient?«

»Wenn ja, dann ist es ein ernster Fall. Wer geht schon in einer solchen Nacht auf die Straße?«

Die Schritte erklangen jetzt auf dem Flur, und dann klopfte es an die Tür. Holmes' langer Arm griff nach der Lampe. Er drehte den hellen Lichtkegel von sich weg, bis er auf den leeren Stuhl fiel, auf den er seine Klienten zu setzen pflegte.

»Herein!« sagte er dann.

Der späte Besucher war noch jung, vielleicht zweiundzwanzig. Er war mit Geschmack gekleidet, sein Gesicht aber war bleich, und um die Augen lagen tiefe Schatten, als lauerte die Angst in ihren Höhlen.

»Ich muß mich bei Ihnen entschuldigen«, begann er zögernd, »aber ich brauche Ihren Rat.«

»Geben Sie mir Ihren Mantel und Schirm«, sagte Holmes. »Sie kommen aus Südwestengland, wie ich sehe.«

»Ja, aus Horsham. Und ich komme in einer äußerst mysteriösen Sache, die sich schon über Jahre hinzieht.«

»Erzählen Sie uns von Anfang an«, sagte Holmes, »zuerst die wichtigsten Punkte. Nach den Details werde ich Sie hinterher fragen.«

Der junge Mann zog seinen Stuhl näher zum Feuer und streckte seine nassen Füße aus. Die kreidigen Lehmspuren an seinen Schuhen waren nicht zu verkennen.

»Mein Name«, sagte er, »ist John Openshaw. Ich persönlich habe mit dieser schrecklichen Geschichte wenig zu tun. Es ist die Geschichte einer Erbschaft.

Mein Onkel Elias wanderte als junger Mann nach Amerika aus. Er ließ sich in Florida als Pflanzer nieder und machte eine Menge Geld. Vor siebzehn oder achtzehn Jahren kam er nach Europa zurück. Er kaufte sich ein kleines Gut in Sussex bei Horsham. Er war eine außergewöhnliche Persönlichkeit, sehr eigenwillig und temperamentvoll. Er konnte furchtbar wütend werden, wenn ihm etwas nicht paßte, aber im übrigen war er sehr unzugänglich; ich glaube, während all der Jahre in Horsham ist er nicht ein einziges Mal ausgegangen. Er wollte keine Menschen um sich sehen und legte auch keinen Wert auf Freunde. Nicht einmal seinen eigenen Bruder, meinen Vater, sah er oft.

Ich war der einzige Mensch, den er gern um sich sah. Er bat meinen Vater, mich bei ihm wohnen zu lassen; damals war ich erst zwölf Jahre alt. Auf seine Art war er sehr gut zu mir. Er trank viel, aber wenn er nüchtern war, spielte er gern Mühle und Dame mit mir. Nach und nach übertrug er mir den ganzen Verkehr mit Dienstpersonal und Kaufleuten, so daß mir, als ich sechzehn war, bereits das ganze Haus unterstand. Ich hatte alle Schlüssel und konnte tun und lassen, was ich wollte, mit einer Ausnahme: Ein einziges Zimmer, eine Kammer auf dem Dachboden, war immer verschlossen, und niemand, auch ich nicht, durfte sie betreten. Da ein Junge neugierig ist, hatte ich wohl einmal durchs Schlüsselloch gespäht, aber außer alten Truhen, Koffern und Bügeln konnte ich nichts entdecken.

Eines Tages – es war im März 1883 – kam ein Brief mit einer ausländischen Marke. Es war ungewöhnlich, daß mein Onkel Post bekam. ›Aus Indien!‹, sagte er, als er das Kuvert in die Hand nahm, ›eine Pondicherry-Marke! Was kann das bloß sein?‹ Er riß es hastig auf, und fünf kleine getrocknete Orangenkerne fielen heraus. Ich mußte lachen, aber das Lachen blieb mir im Halse stecken, als ich sein Gesicht sah. Seine Unterlippe hing schlaff herab, seine Augen drängten sich aus den Höhlen, und eine bläuliche Röte überzog sein Gesicht. Er starrte auf den Umschlag, den er immer noch in der zitternden Hand hielt, als er gequält sagte: ›K. K. K.‹

›Was bedeutet das, Onkel?‹ schrie ich.

›Tod‹, sagte er nur, stand auf und ging in sein Zimmer.

Ich blieb starr vor Entsetzen zurück. Als ich das Kuvert in die Hand nahm, entdeckte ich auf der Umschlagklappe über dem gummierten Rand drei mit roter Tinte hingekritzelte ›K.‹. Außer den fünf getrockneten Kernen war sonst nichts in dem Kuvert.

Als ich die Treppe hinaufging, kam mein Onkel eben wieder herunter, in der einen Hand einen alten, rostigen Schlüssel, in der anderen trug er eine kleine kupferne Kassette.

›Sie können machen, was sie wollen, ich lege sie doch herein‹, murmelte er. ›Sag Mary, sie soll in meinem Zimmer Feuer anmachen, und dann schick jemand nach dem Rechtsanwalt Fordham in Ross.‹

Ich tat, wie mir befohlen. Als der Rechtsanwalt kam, ließ mein Onkel mich in sein Zimmer heraufkommen. Im Kamin brannte das Feuer, und ich sah, daß der Rost voller flockiger schwarzer Asche war, als ob Papier verbrannt worden sei. Die kupferne Kassette stand daneben; sie war leer. Plötzlich durchfuhr mich ein Schreck. Auf der Innenseite des Deckels war dreimal der Buchstabe K eingraviert.

›Ich möchte dich bitten, John‹, sagte mein Onkel, ›daß du mein Testament als Zeuge unterzeichnest. Ich hinterlasse mein gesamtes Vermögen meinem Bruder, deinem Vater. Er wird es eines Tages wieder dir hinterlassen. Wenn du es dann in Frieden genießen kannst – um so besser. Wenn nicht, dann waren meine Feinde stärker. Es tut mir leid, daß ich dir ein so zweischneidiges Erbe hinterlassen soll, aber ich kann nicht absehen, welchen Lauf die Dinge nehmen werden. Nun unterzeichne bitte. Mr. Fordham wird dir zeigen, wo.‹

Ich unterschrieb, und der Rechtsanwalt nahm das Testament an

sich. Diese Episode hinterließ, wie Sie sich wohl denken können, einen tiefen Eindruck in mir. Ich grübelte lange darüber nach, aber ich konnte mir keinen Vers darauf machen. Es blieb eine unbestimmte Angst, wenn sie auch im Lauf der folgenden Wochen etwas verblaßte. Mit meinem Onkel allerdings vollzog sich ein Wandel. Er trank mehr denn je und wurde immer ungeselliger. Die meiste Zeit verbrachte er in der Dachkammer. Er verriegelte die Tür von innen, und oft geschah es dann, daß er mit einem Revolver in der Hand hinunterstürzte und aus dem Haus rannte. Er lief durch den Garten, schrie, daß er sich vor niemandem fürchte und daß kein Mensch und kein Teufel ihn dazu bringen könne, sich zu verkriechen. Wenn er sich dann ausgetobt hatte, rannte er wieder gehetzt ins Haus zurück und verriegelte die Tür hinter sich – ein Mann, der der tödlichen Angst, die an ihm nagt, nicht länger Herr werden kann.
Aber ich will Ihre Geduld nicht länger strapazieren, Mr. Holmes. Eines Nachts kam er von einem dieser wilden Gänge nicht zurück. Als wir ihn suchten, fanden wir ihn am anderen Ende des Gartens in einem kleinen schlammigen Tümpel. Er war tot. Er lag mit dem Gesicht nach unten im Wasser, das nur etwa einen halben Meter tief war. Es waren keinerlei Zeichen von Gewaltanwendung zu entdecken, und so wurde, da man wußte, wie oft er betrunken gewesen war, auf Selbstmord erkannt. Ich allerdings, der gesehen hatte, wie ihn schon der bloße Gedanke an den Tod entsetzte, konnte nicht glauben, daß er etwas Derartiges getan haben sollte. Die Sache wurde nicht weiter verfolgt. Mein Vater übernahm das Erbe: das Gut und vierzehntausend Pfund, die auf der Bank lagen.«
»Einen Augenblick«, unterbrach Holmes. »Wissen Sie noch das Datum, an dem Ihr Onkel den Brief erhalten hat, und den Tag seines sogenannten Selbstmordes?«
»Der Brief kam am 10. März. Er starb sieben Wochen später, in der Nacht zum 2. Mai.«
»Danke, das genügt. Erzählen Sie jetzt doch bitte weiter.«
»Als mein Vater das Gut übernahm, untersuchte er auf meine

Bitte hin die Dachkammer, die seither immer verschlossen gewesen war. Wir fanden die kupferne Kassette. Leer. Auf der Innenseite des Kassettendeckels waren noch die drei Buchstaben ›K.K.K.‹ eingraviert, darunter stand: ›Briefe, Notizen, Quittungen, Register‹. Sonst fanden wir in der Dachkammer nichts von Bedeutung, nur eine Anzahl loser Blätter und Notizbücher mit Hinweisen auf das Leben meines Onkels in Amerika. Andere stammten aus der Zeit der Wiederherstellung der Südstaaten und bezogen sich meist auf politische Ereignisse.

Anfang 1884 zog mein Vater ganz nach Horsham, und bis zum Januar 1885 ereignete sich nichts. Es war kurz nach Neujahr, als mein Vater am Frühstückstisch plötzlich einen Schrei der Überraschung ausstieß. Er hielt ein eben aufgeschlitztes Kuvert in der einen Hand, und in seiner anderen lagen fünf getrocknete Orangenkerne. Er hatte meine Schauergeschichte, wie er sie nannte, immer mit einem Lachen abgetan, aber jetzt blickte er betroffen und ängstlich drein.

›Was kann das bedeuten, John?‹ stammelte er.

Ich dachte daran, was damals mein Onkel geantwortet hatte, aber ich sagte nur: ›K. K. K.‹

Er betrachtete das Kuvert. ›Ja‹, meinte er, ›genau diese Buchstaben stehen hier, aber was soll das?‹

›Lege die Papiere auf die Sonnenuhr‹, las ich, als ich ihm über die Schulter blickte.

›Welche Papiere? Welche Sonnenuhr?‹

›Die Sonnenuhr im Garten‹, sagte ich, ›eine andere gibt es nicht. Damit werden die Papiere gemeint sein, die er vernichtet hat.‹

›Ach was‹, sagte mein Vater, doch seine Gelassenheit klang gezwungen. ›Wir leben in einem zivilisierten Land. Hier soll uns einer ins Bockshorn jagen! Woher kommt der Brief eigentlich?‹

›Aus Dundee in Schottland‹, antwortete ich mit einem Blick auf den Poststempel. ›Ich würde auf jeden Fall mit der Polizei sprechen.‹

›Und mich auslachen lassen! Nein, kommt gar nicht in Frage.‹

›Dann überlaß das mir.‹

›Untersteh dich. Ich will nicht, daß man wegen eines so offensichtlichen Blödsinns Theater macht.‹

Er ließ sich nicht umstimmen, denn auch er war ein sehr eigensinniger Mann. Mich aber quälten seit diesem Tag dunkle Ahnungen.

Drei Tage nach Ankunft des Briefes fuhr mein Vater zu Besuch zu einem alten Freund, Major Freebody in Portsdown Hill. Ich war erleichtert; ich glaubte, je weiter er von zu Hause entfernt sei, desto geringer die Gefahr. Es war ein Irrtum. Zwei Tage nach seiner Abreise bekam ich ein Telegramm: Mein Vater war in eine der vielen Kreidegruben der Insel gestürzt. Er hatte einen Schädelbruch und war bewußtlos. Als ich hinkam, war er tot, gestorben, ohne das Bewußtsein wiedererlangt zu haben. Es war in der Abenddämmerung auf einem einsamen Spaziergang geschehen. Da er das Gelände nicht kannte und die Grube nicht eingezäunt war, hatte die Polizei keine Bedenken, auf ›tödlichen Unfall‹ zu erkennen.

Ich untersuchte alles, ich ging der geringsten Spur nach — es ließ sich nichts finden, was einen Mordverdacht gerechtfertigt hätte. Keine Gewaltanwendung, keine Fußspuren, kein Raub, keine Spur von Unbekannten, die sich zu der Zeit in der Gegend herumgetrieben hätten. Und trotzdem muß ich Ihnen wohl nicht erst sagen, daß ich keine Ruhe mehr fand und daß ich so gut wie sicher war, daß die Sache nicht mit rechten Dingen zugegangen sein konnte.

So kam ich zu meinem Erbe. Sie werden mich nun fragen, warum ich es angenommen habe? Die Antwort ist einfach: Ich bin davon überzeugt, daß all diese unheilvollen Geschehnisse ihren Ursprung in irgendeinem Ereignis im Leben meines Onkels hatten und daß jedem anderen Erbe die gleichen Gefahren drohen.

Im Januar 1885 starb also mein Vater. Zwei Jahre und acht Monate sind seither vergangen. Ich habe eine glückliche Zeit in Horsham verlebt. Und langsam hatte ich zu hoffen begonnen, daß der Fluch, oder was immer es war, von unserer Familie endlich gewichen sei. Aber zu früh: Vorgestern kam der Brief.«

Der junge Mann zog einen zerknitterten Umschlag aus seinem Jackett und schüttete fünf kleine getrocknete Orangenkerne auf den Tisch.

»Das ist das Kuvert«, fuhr er fort. »Der Poststempel ist von London – London O genau. Hier die gleichen Buchstaben wie auf der letzten Botschaft an meinen Vater. ›K. K. K.‹ und dann: ›Lege die Papiere auf die Sonnenuhr.‹«

»Was haben Sie getan?« fragte Holmes.

»Nichts.«

»Nichts?«

Der junge Mann ließ das Gesicht in die schmalen weißen Hände sinken. »Ich war einfach hilflos. Ich kam mir vor wie das sprichwörtliche Kaninchen, das von einer Schlange fixiert wird.«

»Unsinn!« sagte Sherlock Holmes. »Zur Verzweiflung haben Sie keine Zeit.«

»Ich war bei der Polizei.«

»Und?«

»Sie hörten sich meine Geschichte ruhig an und schmunzelten. Für sie sind die Briefe ein dummer Scherz und der Tod meiner Angehörigen beide Male ein Zufall, der nichts mit diesen Warnungen zu tun hat. Allerdings haben sie mir einen Polizisten ins Haus geschickt.«

»Ist er heute nacht mitgekommen?«

»Nein, er bewacht das Haus, so lautet sein Befehl.«

Holmes rang die Hände. »Warum sind Sie zu mir gekommen? Und wenn schon überhaupt, warum sind Sie nicht sofort gekommen?«

»Ich habe erst heute mit Major Prendergast darüber gesprochen; er hat mich zu Ihnen geschickt.«

»Vor zwei Tagen also haben Sie den Brief bekommen? Und haben Sie sonst nichts mehr – irgendeinen Hinweis, der uns vielleicht weiterhelfen könnte?«

John Openshaw suchte in seiner Brusttasche und zog dann ein verblichenes blaugetöntes Papier heraus. Er legte es auf den Tisch und strich es glatt.

»Ich glaube mich zu erinnern«, sagte er, »daß die Papiere, die mein Onkel an jenem Tag verbrannte, diese Farbe hatten. Dieses einzelne Blatt fand ich auf dem Boden in der Dachkammer. Ich könnte mir vorstellen, daß es zu diesen Papieren gehörte. Vielleicht ist es zu Boden geweht und so nicht mit den anderen verbrannt worden. Es steht da etwas von Kernen darauf, aber sonst glaube ich nicht, daß es uns viel weiterhilft. Ich glaube, es ist eine Seite aus seinem Tagebuch. Die Schrift jedenfalls ist die meines Onkels.«
Holmes schwenkte die Lampe herum, und wir beugten uns beide über das Blatt, das seiner abgerissenen Kante nach tatsächlich aus einem Buch zu stammen schien. Es war überschrieben mit »März 1869«, und darunter fanden wir folgende rätselhafte Notizen:

»4. 3. Hudson kam. Ganz der alte.
7. 3. Kerne abgesandt an McCauley, Paramore und Swain von St. Augustine.
9. 3. McCauley ab.
10. 3. John Swain ab.
12. 3. Paramore besucht. Alles in Ordnung.«

Holmes faltete das Papier zusammen und gab es unserem Besucher zurück. »Wir dürfen keinen Augenblick mehr verlieren«, sagte er. »Es bleibt uns nicht einmal genügend Zeit, uns über die Dinge zu unterhalten, die Sie uns berichtet haben. Sie müssen sofort nach Hause gehen und handeln.«
»Was soll ich tun?«
»Sie können nur eins tun, und zwar schnell. Sie schließen das Papier, das Sie uns gezeigt haben, in die kupferne Kassette. Dazu legen Sie einen Zettel; schreiben Sie, daß alle anderen Papiere von Ihrem Onkel verbrannt wurden und daß dieses hier das einzige ist, das übrigblieb. Sie müssen überzeugende Worte finden. Dann tragen Sie die Kassette zur Sonnenuhr. Ist das klar?«
»Ja.«
»Denken Sie jetzt nicht an Rache. Sie werden Sie bekommen, aber

wir müssen unser Netz erst knüpfen, während die anderen das ihre bereits ausgeworfen haben. Als erstes gilt es, der unmittelbaren Gefahr, die Ihnen droht, zu begegnen. Dann erst können wir uns um die Schuldigen kümmern.«
»Ich danke Ihnen«, sagte der junge Mann, als er sich erhob und seinen Mantel anzog. »Ich werde tun, was Sie sagten.«
»Nur verlieren Sie keinen Augenblick mehr. Und vor allem – passen Sie gut auf sich auf. Wie fahren Sie zurück?«
»Mit dem Zug von Waterloo-Station.«
»Es ist jetzt noch nicht ganz neun Uhr. Die Straßen sind noch belebt, dort, möchte ich annehmen, werden Sie also sicher sein. Aber trotzdem, seien Sie auf der Hut.«
»Ich bin bewaffnet.«
»Das ist gut. Morgen werde ich mit meiner Arbeit beginnen.«
»Ich sehe Sie also in Horsham?«
»Nein, Ihr Geheimnis liegt in London. Und da werde ich es auch suchen.«
»Dann melde ich mich in ein, zwei Tagen wieder bei Ihnen.« Er verabschiedete sich und ging. Immer noch heulte der Sturm ums Haus, und der Regen peitschte gegen die Scheiben.

Sherlock Holmes schloß die Augen. Er stützte die Ellbogen auf die Sessellehnen und drückte die Fingerspitzen gegeneinander. »Dem idealen Logiker«, sagte er, »sollte eine einzige Tatsache genügen. Aus ihr sollten sich nicht nur die ganze Kette der Ereignisse, sondern auch die sich daraus ergebenden Schlüsse ableiten lassen. Also laß uns sehen, Watson, was haben wir in diesem Fall an Tatsachen? Reichst du mir bitte den Band K der amerikanischen Enzyklopädie aus dem Regal?
Nun die Situation und was sich daraus ableiten läßt. Beginnen wir mit der Überlegung, daß Elias Openshaw seine Gründe hatte, als er Amerika verließ. Ein Mann in seinem Alter wechselt nicht so leicht alle seine Gewohnheiten. Und niemand wird leichten Herzens das herrliche Klima Floridas für das einsame Leben in einer englischen Provinzstadt aufgeben. Sein doch schon absonder-

licher Drang zur Einsamkeit legt die Vermutung nahe, daß er sich vor irgend jemandem oder irgend etwas gefürchtet haben muß. Was aber ist der Grund dieser Angst? Hier haben wir nur einen Hinweis: diese Briefe. Briefe, die zuerst er und dann seine Erben erhielten. Hast du den Poststempel dieser Briefe beobachtet?«

»Der erste kam aus Indien, der zweite aus Schottland und der dritte aus London.«

»Aus Ostlondon. Was schließt du daraus?«

»Nun, das sind alles Seehäfen.«

»Genau. Es ist wahrscheinlich – sehr wahrscheinlich –, daß der Schreiber dieser Briefe sich an Bord eines Schiffes befand. Und ein weiterer wichtiger Hinweis: Im Falle Pondicherry vergingen sieben Wochen zwischen Drohung und Verwirklichung der Drohung, bei Dundee waren es nur drei oder vier Tage.«

»Die Entfernung, die der Drohende zurücklegen mußte, war größer.«

»Aber auch der Weg des Briefes war weiter.«

»Dann verstehe ich nicht, was du meinst.«

»Es erhebt sich zumindest die Vermutung, daß das Schiff, auf dem der oder die Männer reisen, ein Segelschiff ist. Es hat den Anschein, daß sie diese eigenartige Warnung jedesmal, ehe sie die Fahrt antraten, abschickten. Du siehst, wie schnell die Tat der Drohung folgte, als diese aus Dundee kam. Wenn sie mit einem Dampfer von Pondicherry gekommen wären, dann wären sie beinahe zu gleicher Zeit mit dem Brief hiergewesen. Aber es vergingen sieben Wochen. Ich nehme an, daß diese sieben Wochen der Vorsprung sind, den der Postdampfer, der den Brief beförderte, vor dem Segelschiff hatte, mit dem die Täter reisten.«

»Möglich.«

»Mehr als das. Es ist wahrscheinlich. Und ist dir jetzt auch klar, weshalb in diesem Falle die höchste Eile geboten ist? Der Schlag fiel immer genau zu dem Zeitpunkt, an dem die Absender des Briefes am Ziel ihrer Reise angelangt waren. Dieser Brief kommt aus London, und deshalb können wir nicht damit rechnen, daß das Unheil lange auf sich warten läßt.«

»Guter Gott!« rief ich. »Was für Motive mögen sich nur hinter dieser unbarmherzigen Verfolgung verbergen?«

»Die Papiere, die Openshaw besitzt, sind anscheinend für den oder die Täter von lebenswichtiger Bedeutung. Ich bin überzeugt davon, daß es mehr als nur einer ist. Ein einzelner hätte es nicht fertiggebracht, zweimal einen Mord so auszuführen, daß selbst das Gericht getäuscht wurde. Da müssen mehrere im Spiel sein. Sie wollen ihre Papiere haben, wer der Besitzer ist, kümmert sie nicht. Es ist völlig klar, das K. K. K. nicht die Initialen eines bestimmten Mannes, sondern die eines Geheimbundes sind.«

Sherlock Holmes beugte sich vor und sagte leise: »Hast du noch nie vom ›Ku-Klux-Klan‹ gehört?« Er blätterte in dem Band auf seinen Knien. »Hier«, sagte er dann, »›Ku-Klux-Klan‹. Dieser Geheimbund wurde von ehemaligen Soldaten der Südstaaten nach dem Sezessionskrieg gegründet. In allen Teilen des Landes bildeten sich bald örtliche Gruppen. Sie setzten ihre Macht für politische Ziele ein, hauptsächlich, um die farbigen Wähler zu terrorisieren. Sie mordeten oder trieben alle außer Landes, die ihre Ansichten nicht teilten. Den Überfällen ging gewöhnlich eine Warnung voraus, die dem Betroffenen zugeschickt wurde. Es waren dies zumeist phantastische, aber allgemein bekannte Symbole – in manchen Teilen des Landes waren es Eichenzweige, in anderen Melonen- oder Orangenkerne. Erhielt ein Opfer diese Sendung, dann gab es für ihn keine andere Wahl, als entweder öffentlich seiner Meinung abzuschwören oder aber außer Landes zu fliehen. Versuchte er, die Sache durchzustehen, dann war ihm der Tod gewiß, und gewöhnlich ereilte ihn sein Schicksal auf sehr seltsame und kaum vorhersehbare Weise!«

Holmes legte das Buch zur Seite. »Auffällig ist nur daran, daß genau zu dem Zeitpunkt, an dem der Geheimbund plötzlich aufgelöst wurde, auch Openshaw mit seinen Papieren aus Amerika verschwand. Da scheint ein Zusammenhang zu bestehen. Kein Wunder, daß ihm und seinen Erben nun ein paar der Unversöhnlichsten im Nacken sitzen. Stell dir vor, daß in diesem Register und in dem Tagebuch unter anderem auch wohlbekannte Namen des Südens aufgeführt sind und daß manch einer nachts nicht mehr ruhig schlafen kann, ehe er diese Papiere nicht an sich gebracht hat.«

»Dann ist also das Blatt, das wir gesehen haben ...«

»... ein Teil dieser ominösen Aufzeichnungen. Es stand da, wenn ich mich recht erinnere, ›Kerne abgesandt an A, B und C‹ – das heißt, die Warnbriefe des Bundes wurden abgeschickt. Dann kommen die Eintragungen, daß A und B ›ab‹ sind, also entweder abgeschworen oder das Land verlassen haben. Und schließlich stand dort, daß C besucht wurde, und zwar, wie ich fürchte, mit einem für C unheilvollen Resultat. Ich glaube, Watson, wir werden in diese dunkle Geschichte Licht bringen. Und hoffentlich hat der junge Openshaw in der Zwischenzeit getan, was ich ihm sagte; es ist seine einzige Chance!«

Ein klarer Morgen brach an. Die Sonnenstrahlen tasteten sich durch den Dunstschleier, der über der großen Stadt lag. Sherlock Holmes saß schon am Frühstückstisch, als ich herunterkam.

»Du mußt entschuldigen, daß ich nicht auf dich gewartet habe«, sagte er. »Ich habe einen langen Tag vor mir. Möglich, daß ich heute doch noch nach Horsham muß.«

»Du willst dort beginnen?«

»Nein, nein, ich will hier in der Stadt beginnen.«

Ich nahm die Zeitung. Sie lag noch zusammengefaltet auf dem Tisch. Ich überflog die erste Seite. Da fiel mein Auge auf eine Schlagzeile, die mich erschauern ließ. »Holmes!« schrie ich. »Du kommst zu spät.«

Er stellte hart die Tasse ab. »Das habe ich gefürchtet.« Er sprach ganz ruhig, aber ich merkte seiner Stimme an, wie sehr er erschüttert war. »Wie geschah es?«

»Tragödie bei der Waterloo Bridge«, las ich. »Zwischen neun und zehn Uhr letzte Nacht hörte der Polizeibeamte Cook, der bei der Waterloo Bridge Streifendienst hatte, einen Hilfeschrei und kurz darauf einen Aufschlag im Wasser. Die Nacht war jedoch so dunkel und stürmisch, daß eine Rettung trotz der Hilfe verschiedener Passanten nicht möglich war. Die Wasserpolizei konnte den Verunglückten nur noch als Leiche bergen. An Hand eines Kuverts, das bei dem Toten gefunden wurde, konnte dieser als ein gewisser John Openshaw identifiziert werden, der bei Horsham lebt. Es ist anzunehmen, daß er den letzten Zug von Waterloo-Station zu erreichen suchte und in der Eile und der großen Dunkelheit vom Weg abkam und an einer der Anlegestellen der Flußdampfer ins Wasser stürzte. Am Körper der Leiche konnten keine Spuren von Gewaltanwendung festgestellt werden. Es kann kaum einen Zweifel daran geben, daß Mr. Openshaw das Opfer eines unseligen Zufalles wurde. Immerhin sollte dieser Unglücksfall die Aufmerksamheit der Behörden auf das Sicherheitsproblem an den Landungsstellen des Flusses lenken.«

Ein paar Minuten sagte keiner von uns beiden etwas. So deprimiert und erschüttert hatte ich Holmes noch nie gesehen.

»Daß er zu mir um Hilfe kam und ich ihn in den Tod schickte...!« sagte er endlich. Er sprang auf. »Aber ich werde sie fassen! Wie haben sie ihn da nur hinuntergelockt? Die Anlegestellen liegen nicht direkt an der Straße zum Bahnhof. Die Brücke war selbst in einer so stürmischen Nacht zweifellos zu belebt für ihre Zwecke. Aber wir werden ja sehen. Wir werden sehen.«

Den Tag über hatte ich beruflich zu tun, und ich kam erst am späten Abend in die Baker Street zurück. Sherlock Holmes war noch nicht da. Er kam gegen zehn Uhr und sah bleich und abgespannt aus. Er ging zum Büfett, brach sich ein Stück Brot ab und verschlang es hungrig.

»Was hast du ausgerichtet?« fragte ich.

»Allerhand.«

»Hast du eine Spur?«

»Ich habe sie festgenagelt. Der junge Openshaw wird nicht lange ungerächt bleiben; wir richten sie mit ihren eigenen teuflischen Methoden, Watson!«

Er nahm eine Orange vom Büfett, zerteilte sie drückte die Kerne auf den Tisch. Er suchte fünf heraus, steckte sie in ein Kuvert. Innen auf den Umschlag schrieb er »S. H. an J. C.«. Dann versiegelte er das Kuvert und adressierte es an Captain James Calhoun, Kutter Lone Star, Savannah, Georgia, USA.

»Das wird ihn erwarten, wenn er den Hafen anläuft«, sagte er und lachte bitter. »Es wird ihm eine schlaflose Nacht verschaffen, und es wird ihm mit der gleichen unfehlbaren Sicherheit sein Schicksal voraussagen wie zuvor dem jungen Openshaw.«

»Und wer ist dieser Captain Calhoun?«

»Der Anführer der Bande. Ich werde auch die anderen kriegen, aber ihn zuerst.«

»Wie hast du die Spur gefunden?«

Er nahm ein großes Blatt Papier aus der Tasche, das mit Daten und Namen bedeckt war.

»Ich habe den ganzen Tag«, sagte er, »über den Registern von Lloyd und alten Aktenbergen verbracht. Ich habe die Fahrtrouten aller Schiffe verfolgt, die Pondicherry im Januar und Februar 1883 angelaufen haben. In diesen beiden Monaten fand ich sechsunddreißig größere Segler registriert. Unter diesen fiel mir ein Name auf: ›Lone Star‹; das klang mir nach einem amerikanischen Schiff.«

»Und dann?«

»Ich sah dann das Register von Dundee durch. Und als ich feststellte, daß der Kutter ›Lone Star‹ den Hafen im Januar 1885 angelaufen hatte, wurde mein Verdacht zur Gewißheit. Ich erkundigte mich dann nach den Schiffen, die zur Zeit im Londoner Hafen ankern.«

»Ja.«

»Die ›Lone Star‹ hat letzte Woche hier angelegt. Ich ging zum Albert-Dock hinunter und entdeckte, daß sie heute morgen mit der ersten Flut flußabwärts gesegelt war, Kurs Savannah. Ich telegrafierte nach Gravesend und erfuhr dort, daß sie bereits passiert hatte. Da wir Ostwind haben, ist sie jetzt zweifellos schon in der Nähe der Insel Wight.«

»Was wirst du jetzt unternehmen?«

»Oh, er kann mir nicht mehr entkommen. Captain James Calhoun und die zwei Schiffsmaate sind, wie ich hörte, die einzigen

gebürtigen Amerikaner auf dem Schiff; die anderen sind Finnen und Deutsche. Außerdem weiß ich, daß alle drei letzte Nacht nicht auf dem Schiff waren.
Wenn die ›Lone Star‹ in Georgia einläuft, ist mein Brief mit dem Postdampfer bereits dort. Und die Polizei in Savannah ist telegrafisch informiert, daß die drei Herren hier wegen Mordes gesucht werden.«
Aber die Mörder von John Openshaw, seinem Vater und seinem Onkel sollten nie die Orangenkerne erhalten, die ihnen gezeigt hätten, daß ein anderer, der ihnen an Kühnheit und Entschlossenheit ebenbürtig war, ihr Spiel durchkreuzt hatte. Die Herbststürme tobten dieses Jahr besonders schlimm über die Meere. Lange Zeit warteten wir auf Nachricht von der »Lone Star« aus Savannah. Endlich erfuhren wir, daß irgendwo draußen in den Weiten des Atlantiks eine Schiffsplanke aufgefischt worden war, auf der die Buchstaben »L. S.« standen. Und das ist alles, was wir über das Schicksal der »Lone Star« erfuhren.

Der Mann mit der Narbe

Isa Whitney, der Bruder des verstorbenen Dekans der theologischen Fakultät von St. George, war dem Opium verfallen. Ich sehe ihn noch vor mir: sein gelblich gedunsenes Gesicht mit den schwarzen Lidern, die sich tief über die stecknadelrunden Pupillen senkten; er sah aus wie das Wrack eines einst ehrbaren Mannes.

Eines Nachts – es war im Juni 1889 – klingelte es.

»Ein Patient!« sagte meine Frau, und der Ärger über die Störung stand ihr auf dem Gesicht geschrieben.

Ich seufzte, denn ich hatte einen langen, arbeitsreichen Tag hinter mir.

Wir hörten, wie die Tür geöffnet wurde, dann ein paar hastige Worte und rasche Schritte auf dem Flur. Unsere Tür flog auf, und eine dunkelgekleidete, tiefverschleierte Dame trat ein.

»Entschuldigt, daß ich noch so spät komme«, begann sie, und dann verlor sie plötzlich alle Selbstbeherrschung. Sie stürzte auf meine Frau zu und fiel ihr um den Hals und begann zu schluchzen.

»O Gott, es ist so schrecklich«, sagte sie unter Tränen. »Kann mir denn niemand helfen?«

»Kate, du?« fragte meine Frau und schlug den schwarzen Schleier zurück. »Kate Whitney. Hast du mich erschreckt!«

»Ich weiß nicht mehr, was ich tun soll!« So ging das immer. Menschen, die Kummer hatten, kamen zu meiner Frau wie Mücken zum Licht.

»Es ist schon gut. Komm, setz dich. Hier, trink ein Glas Wein und erzähle. Oder ist es dir lieber, wenn James geht?«

»O nein, nein. Er soll bleiben. Ich brauche auch seinen Rat. Es geht um Isa. Er ist seit zwei Tagen nicht mehr nach Hause gekommen. Ich bin in fürchterlicher Sorge!«

Es war das erste Mal, daß sie über Isa mit uns sprach, mit mir als Hausarzt und mit meiner Frau als ihrer alten Freundin aus den Schultagen. Wir beruhigten und trösteten sie, soweit es in unserer Macht stand. – Wußte sie, wo ihr Mann war? Konnten wir ihn vielleicht irgendwo suchen?

Ja, wir konnten ihr helfen. Sie wußte bestimmt, daß es ihren Mann seit einiger Zeit in eine Opiumhöhle im finsteren Osten der Stadt trieb. Bisher war er immer noch nach einem Tag zurückgekommen, zitternd und erschöpft. Aber diesmal waren schon achtundvierzig Stunden vergangen, und er mußte wohl immer noch zwischen dem Abschaum des Hafens in der Opiumhöhle liegen. Dort mußte man ihn suchen, dessen war sie sicher, in der »Gold-Bar«, in der oberen Swandam Lane. Aber wie konnte sie, eine junge, verängstigte Frau, in solch ein Lokal gehen und ihren Mann aus dem Gesindel, das sich dort herumtrieb, herausholen? Könnte ich sie nicht begleiten oder, besser noch, allein gehen?

Der erste Teil meines Abenteuers war nicht weiter schwierig. Die obere Swandam Lane ist eine finstere kleine Straße hinter den Themsekais. Zwischen einem Trödlerladen und einer Schnapsbude führte eine Treppe steil hinunter zu der Kaschemme, die ich suchte.

Der Raum war dunkel vor Rauch, und ich sah nur undeutlich menschliche Körper zusammengekauert auf dem Boden liegen.

Ein pockennarbiger Malaie eilte mit einer Pfeife und Opium auf mich zu und deutete auf einen leeren Verschlag.

»Danke, ich will nicht bleiben«, sagte ich. »Ein Freund von mir ist hier, und ich möchte ihn sprechen.«

Da bewegte sich etwas hinter mir, ich hörte einen leisen Schrei, und als ich angestrengt in die Dunkelheit starrte, sah ich Whitney, hager, mit wirren Haaren und weit aufgerissenen Augen.

»Mein Gott! Das ist ja Watson«, sagte er. Er war in einem jämmerlichen Zustand und zitterte am ganzen Körper. »Wie spät ist es?«

»Beinahe elf Uhr.«

»Was für ein Tag?«

»Freitag.«

»Guter Gott! Ich dachte, es sei Mittwoch. Es *ist* Mittwoch. Warum erschreckst du einen so?« Er ließ sein Gesicht auf die Arme sinken und fing leise an zu wimmern.

»Es ist Freitag, Mann. Deine Frau wartet seit zwei Tagen auf dich. Du solltest dich schämen!«

»Aber du mußt dich täuschen, Watson. Ich bin doch erst seit ein paar Stunden hier, drei, vier Pfeifen, wieviel, weiß ich nicht genau. Aber ich komme natürlich mit dir. Ich wollte ja nicht, daß Kate sich ängstigt, arme, kleine Kate! Gib mir deine Hand. Hast du einen Wagen?«

»Ja, er wartet draußen.«

»Dann fahre ich gleich mit. Aber ich muß hier noch Schulden haben. Frag doch, wieviel, Watson. Ich bin fertig. Ich kann nicht mehr.«

Ich suchte nach dem Malaien und ging durch den engen Gang zwischen den Verschlägen, in denen die Süchtigen ihre unruhigen Träume träumten. Ich hielt den Atem an, um nicht die betäubenden Opiumschwaden einatmen zu müssen. Plötzlich hörte ich ein Flüstern neben mir. »Geh unauffällig weiter und komm dann zurück.« Ich verstand die Worte ganz deutlich, sie kamen aus einem der Verschläge, aber der alte Mann dort saß so versunken da wie zuvor, hager und verrunzelt, vom Alter gebeugt, und zwischen seinen Knien baumelte eine Opiumpfeife.

Ich ging zwei Schritte weiter und sah mich dann um. Nur mit äußerster Selbstbeherrschung konnte ich einen Schrei der Überraschung unterdrücken. Der Alte hatte sich umgedreht. Die hohlen Wangen waren nun gefüllt, die Falten verschwunden, die dumpfen Augen hatten ihr altes Feuer wieder – Sherlock Holmes und kein anderer war es, der da neben dem Feuer kauerte und lächelnd meine Überraschung genoß. Mit einem kaum merklichen Nicken bedeutete er mir, näher zu kommen.

»Holmes!« flüsterte ich. »Was, in aller Welt, tust du in dieser Höhle?«

»Leise«, sagte er, »ich habe ausgezeichnete Ohren. Sieh zu, daß du deinen Freund abschiebst. Ich möchte nachher noch gern mit dir sprechen.«

»Ich habe einen Wagen draußen.«

»Dann schicke ihn doch bitte damit nach Hause. Du kannst ihn ruhigen Herzens ziehen lassen, er wird keinen Unsinn mehr anstellen, dazu ist er viel zu schwach. Gib dem Kutscher eine Nachricht an deine Frau mit. Sag ihr, daß du mir in die Finger gefallen bist. Wenn du draußen warten willst, ich bin in fünf Minuten bei dir.«

Es war immer schwer, Sherlock Holmes' Bitten zu widersprechen, so bestimmt wurden sie vorgebracht. Ich hatte allerdings auch das Gefühl, daß meine Mission praktisch erledigt war, wenn Whitney einmal im Wagen saß. Kaum hatte ich ihn dem Kutscher anvertraut, als auch schon eine schlotternde Gestalt aus der Opiumhöhle wankte. Taumelnd und mit gebeugtem Rücken schlürfte Holmes noch zwei Straßen weiter, blickte dann rasch um sich, richtete sich auf und brach in ein schallendes Gelächter aus.

»Du wirst nun sicher glauben, Watson«, sagte er, »daß ich die lange Reihe meiner Schwächen, über die du mir deine medizinische Meinung noch nie vorenthalten hast, um eine weitere Schwäche bereichert habe.«

»Ich war doch einigermaßen überrascht, dich hier zu finden.«

»Und ich erst, als ich dich entdeckte.«

»Ich suchte einen Freund.«

»Und ich einen Feind!«

»Einen Feind?«

»Ja, man könnte auch sagen – meine Beute. Mit ein paar Worten: Ich bin bei der Arbeit. Ich hatte gehofft, bei meinen Streifzügen durch diese Kaschemmen, die ich ja nicht zum erstenmal von innen sehe, eine Spur zu finden. Ich mußte vorsichtig sein; hätte man mich in dieser Höhle erkannt, mein Leben wäre keinen Penny mehr wert gewesen. Dieser Gauner von einem Malaien kennt mich von früher. Er ist der Boß dort und hat mir Rache geschworen. Hinter dem Haus ist eine Falltür; sie könnte ein paar gruselige Geschichten erzählen, was in dunklen Nächten nicht alles durch sie verschwand.«

»Was! Leichen?«

»Jawohl, Leichen, Watson. Wir wären Millionäre, wenn wir für jeden armen Teufel, der in dieser Höhle seinen Tod gefunden hat, tausend Pfund bekommen könnten. Das ist die übelste Mörderbude in der ganzen Hafengegend. – Ich fürchte, daß Neville St. Clair zwar hineinging, aber nie mehr herauskommen wird!« Er schwieg einen Augenblick. Dann steckte er zwei Finger in den Mund und stieß einen schrillen Pfiff aus. Es dauerte nur eine Sekunde, bis aus der Ferne der Pfiff beantwortet wurde. Kurz darauf hörte man Räder über das Pflaster rollen und das Klappern von Pferdehufen.

»Wie ist es, Watson«, sagte Holmes, als der Wagen vor uns stand, »kommst du mit?«

»Wenn ich dir helfen kann.«

»Oh, ein Freund, dem man vertrauen kann, ist immer von großem Nutzen. Mein Zimmer in Cedars hat zwei Betten.«

»Cedars?«

»Ja, das ist das Haus von Mr. St. Clair. Ich wohne während meiner Ermittlungen dort.«

»Wo ist das?«

»Bei Lee in Kent. Noch sieben Meilen von hier.«

»Aber ich weiß ja von nichts.«

»Natürlich nicht. Du wirst bald im Bilde sein. Steig ein! – In Ordnung, John, wir brauchen Sie nicht mehr. Hier haben Sie eine halbe Krone. Erwarten Sie mich morgen um elf.«

Holmes nahm die Zügel. Er fuhr schweigend, bis wir die Stadt hinter uns hatten und in die Villengegend der Vorstadt kamen. Dann zündete er sich seine Pfeife an. Er machte den Eindruck eines Mannes, der zu der Überzeugung gelangt ist, daß er die richtige Entscheidung getroffen hat.

»Du kannst etwas, was wenige können, Watson«, sagte er schließlich anerkennend, »– schweigen. – Das macht dich zu einem unbezahlbaren Freund. Glaub mir, es ist für mich eine wahre Erlösung, daß ich endlich mit jemandem über diese Sache sprechen kann. Ich überlegte eben, was ich der liebenswerten kleinen Frau heute nacht sagen soll, wenn sie öffnet.«

»Du vergißt, daß ich bis jetzt immer noch nichts darüber weiß.«

»Dann schnell die wichtigsten Punkte, ehe wir nach Lee kommen.

Das Ganze scheint blödsinnig einfach. Aber es ist wie verhext. Ich kann nirgends den Hebel ansetzen. Es gibt viele Fingerzeige, Spuren über Spuren, aber ich sehe immer noch nicht klar. Vielleicht siehst du ein Licht, wo mir alles dunkel ist. Also hör zu: Vor ein paar Jahren – im Mai 1884, um genau zu sein – kam ein Herr namens Neville St. Clair hierher. Er schien reich zu sein. Er kaufte eine große Villa, ließ einen Park anlegen – er führte das Leben eines wohlhabenden Bürgers. Langsam fand er Kontakt zu seinen Nachbarn, und im Jahre 1887 heiratete er die Tochter eines Brauereibesitzers. Er hat jetzt zwei Kinder. Er hatte keinen festen Beruf, war aber an verschiedenen Gesellschaften beteiligt. Er fuhr gewöhnlich jeden Morgen nach London und kam abends mit dem 17.14-Uhr-Zug von Cannon Street zurück.
Mr. St. Clair ist jetzt 37 Jahre alt. Er hat keine besonderen Laster, ist ein guter Ehemann und verantwortungsbewußter Vater, mit einem Wort: ein Mann, der bei allen, die ihn kennen, beliebt ist. Hinzuzufügen wäre, daß er im Augenblick, soweit wir feststellen konnten, keine Schulden hat, sondern ein Konto bei der Capital and Counties Bank; es besteht also kein Grund zu der Annahme, daß ihn Geldsorgen bedrückten.
Letzten Montag fuhr Mr. Neville St. Clair etwas früher als gewöhnlich in die Stadt. Er sagte, er habe zwei wichtige Angelegenheiten zu erledigen, und er versprach, seinem kleinen Jungen einen Baukasten mit nach Hause zu bringen. Seine Frau bekam nun an eben diesem Montag, kurz nachdem ihr Mann weggegangen war, ein Telegramm, daß für sie ein Wertpaket bei der Aberdeen Shipping Company zur Abholung bereitliege. Wenn du London so gut kennst wie ich, dann wirst du wissen, daß das Büro der Company in der Fresno Street liegt, die in die obere Swandam Lane ausläuft, in der du mich heute nacht aufgestöbert hast.
Mrs. St. Clair fuhr also nach dem Mittagessen in die Stadt. Sie erledigte ein paar Einkäufe, ging dann ihr Paket abholen und kam auf dem Weg zurück durch die Swandam Lane, und zwar Punkt 16.35. Ist das soweit klar?«
»Ganz klar.«

»Dieser Montag war ein außergewöhnlich heißer Tag, vielleicht erinnerst du dich; und Mrs. St. Clair war müde und hielt nach einer Droschke Ausschau. Plötzlich hörte sie einen Schrei, und zu ihrer äußersten Bestürzung sah sie, wie aus einem Fenster im zweiten Stock ihr Mann auf sie herabblickte und, wie sie sagt, ihr zunickte. Das Fenster war offen, und sie erkannte sein vor Erregung verzerrtes Gesicht ganz deutlich. Er winkte ihr heftig zu und verschwand dann so plötzlich vom Fenster, daß sie den Eindruck hatte, er sei mit Gewalt weggezerrt worden. Eine weitere Einzelheit, die ihrem weiblichen Scharfblick auffiel, war, daß er zwar seinen dunklen Rock trug, nicht aber Kragen und Krawatte.

Überzeugt davon, daß irgend etwas mit ihm nicht in Ordnung war, stürzte sie die Treppe hinunter – das Haus war nämlich eben die Opiumhöhle, in der du mich heute nacht antrafst. Am Fuß der Treppe jedoch stieß sie auf den Malaien, von dem ich dir erzählte. Er stellte sich ihr entgegen, und mit Hilfe eines Dänen, der dort als Rausschmeißer arbeitet, beförderte er sie wieder auf die Straße.

Verstört eilte sie die Straße entlang. Es war ein Wunder, daß sie in der Fresno Street auf ein paar Polizisten und einen Polizeiinspektor stieß. Der Inspektor und zwei Mann gingen mit ihr zurück. Sie drangen trotz des erbitterten Widerstandes des Malaien in das Haus ein und durchsuchten den Raum, in dem Mr. St. Clair von seiner Frau zuletzt gesehen worden war.

Aber sie fanden keine Spur. Sie durchsuchten das ganze Stockwerk. Sie fanden nur einen grausig anzusehenden Krüppel, der dort anscheinend seine Zelte aufgeschlagen hatte. Alle, der Krüppel, der Malaie und der Däne, schworen bei allen Heiligen, niemand sonst sei an diesem Nachmittag in diesem Raum gewesen. Sie leugneten so entschieden, daß der Inspektor zu zweifeln begann, ob Mrs. St. Clair nicht Gespenster gesehen habe, als die Frau plötzlich auf einem Tisch einen Kasten entdeckte, und als sie den Deckel aufriß, rollten Bauklötze heraus: das Spielzeug, das er mitzubringen versprochen hatte.

Der Inspektor beschloß, noch einmal alles zu durchsuchen, und diesmal machte er eine schreckliche Entdeckung. Neben dem Raum mit dem Fenster zur Straße hin lag ein kleines Schlafzimmer. Die Fenster dieses Raumes führten auf die Themsekais hinaus. Ein schmaler Hof zwischen dem Kai und dem Fenster liegt bei Ebbe im Trockenen, bei Flut aber steht er gut eineinhalb Meter unter Wasser.

Eine genaue Untersuchung ergab Blutspuren auf dem Fenstersims. Auch auf dem hölzernen Fußboden des Schlafzimmers konnten einige Blutspritzer nachgewiesen werden. Ein eindeutiger Beweis, daß hier ein Verbrechen geschehen war. Hinter einem Vorhang im Wohnzimmer versteckt fanden sich alle Kleider von Neville St. Clair. Nur sein Rock fehlte. Schuhe, Strümpfe, Hut, Uhr – alles war da. Keines der Kleidungsstücke zeigte Spuren von Gewaltanwendung.

St. Clair mußte also durch das Fenster verschwunden sein, ein anderer Ausgang konnte nirgends entdeckt werden. Die Blutflecken auf dem Fenstersims gaben Hoffnung, daß er sich schwimmend gerettet haben konnte, denn zu diesem Zeitpunkt stand die Flut am höchsten.

Und nun zu den Halunken. Der Malaie hatte zwar den übelsten Ruf, aber da er nach Mrs. St. Clairs eigener Darstellung schon wenige Sekunden, nachdem sie ihren Mann oben im Fenster erblickt hatte, unten an der Treppe gewesen war, konnte er höchstens der Beihilfe verdächtigt werden. Er leugnete, auch nur das Geringste zu wissen.

Er stellte sich auf den Standpunkt, daß er mit dem Treiben seines Mieters nichts zu tun habe und sich nicht erklären könne, wie die Kleider hierherkämen. So viel über den Malaien.

Nun zu dem unheimlichen Krüppel, der im zweiten Stock der Opiumhöhle wohnt. Er war zweifellos der letzte, der Neville St. Clair lebend gesehen hat. Sein Name ist Hugh Boone, und jeder, der viel in der City zu tun hat, kennt ihn. Er lebt vom Betteln. Er hat einen Platz in der Threadneedle Street. Dort hockt er den ganzen Tag über seinen Streichhölzern, und da er einen erbärmlichen Anblick bietet, rieseln die Almosen nur so in die spekkige Ledermütze, die vor ihm auf dem Pflaster liegt. Er hat eine auffallende Gestalt, feuerrotes Haar, ein bleiches Gesicht, das von einer entsetzlichen Narbe verunstaltet ist, ein brutales Boxerkinn und durchdringende dunkle Augen, die einen eigenartigen Kontrast zu seiner Haarfarbe bilden. Das alles läßt ihn aus der grauen Masse der gewöhnlichen Bettler hervorstechen. Er war also der letzte, der den Mann gesehen hat, den wir suchen.«

»Aber er ist ein Krüppel«, sagte ich. »Was könnte ein Krüppel schon gegen einen Mann in den besten Jahren ausrichten?«

»Ein Krüppel ist er nur in dem Sinn, daß er hinkt; in jeder anderen Hinsicht wirkt er kräftig und gut genährt. Als Arzt wirst du wissen, daß die Schwäche eines Gliedes oft durch besondere Kraft der anderen Glieder kompensiert wird.«

»Weiter, bitte.«

»Mrs. St. Clair war in Ohnmacht gefallen, als sie das Blut auf dem Fenstersims entdeckt hatte. Ein Polizist brachte sie in einem Wagen nach Hause. Einen Fehler machten sie, als sie Boone nicht auf der Stelle verhafteten. Er hatte noch ein paar Minuten, in denen er sich mit seinem Freund, dem Malaien, in Verbindung gesetzt haben konnte. Das wurde zwar schnell wiedergutgemacht, und es wurde eine Leibesvisitation vorgenommen, aber ohne Ergebnis. Man entdeckte zwar Blutflecken auf seinem rechten Hemdsärmel, aber er redete sich damit heraus, daß er sich am Ringfinger unterhalb des Nagels geschnitten habe. Auch die Blutflecken auf dem Fenstersims und auf dem Fußboden sollten von dieser Verletzung stammen. Er leugnete, Mr. Neville St. Clair jemals gesehen zu haben, und schwor Stein und Bein, nicht zu wissen, wie die Kleider in seine Wohnung gekommen seien. Mrs. St. Clairs Behauptung, daß sie ihren Mann wirklich am Fenster seines Zimmers gesehen habe, tat er damit ab, daß sie entweder verrückt sein müsse oder aber geträumt habe. Er wurde laut protestierend zur Polizeiwache gebracht, während der Inspektor in der Hoffnung, bei Einsetzen der Ebbe neue Spuren zu entdecken, noch im Haus blieb. Und wirklich, sie fanden etwas – zum Glück nicht das, was sie befürchtet hatten: nicht Neville St. Clairs Leiche, sondern seinen Rock fanden sie, als die Flut zurückging. Und was glaubst du, war in den Taschen?«

»Keine Ahnung.«

»Jede einzelne Tasche war vollgestopft mit Münzen – vierhunderteinundzwanzig Pennies und zweihundertundsiebzig Halfpennies. Kein Wunder also, daß der Rock von der Flut nicht weggeschwemmt wurde. Zwischen dem Kai und dem Haus bildet sich ein heftiger Strudel. Es ist durchaus wahrscheinlich, daß der schwere Rock auf Grund sank, während der Körper abgetrieben wurde.«

»Aber soviel ich weiß, wurden alle anderen Kleider im Zimmer aufgefunden. Dann wäre die Leiche nur mit dem Rock bekleidet gewesen?«

»Nein, das nicht, aber es reimt sich trotzdem zusammen. Angenommen, Boone hat Neville St. Clair aus dem Fenster geworfen. Was würde er als nächstes tun? Es muß ihm wohl augenblicklich klargeworden sein, daß er die verräterischen Kleidungsstücke loswerden mußte. Er ergriff den Rock. Als er ihn hinauswerfen wollte, kam ihm der Gedanke, daß er nicht untergehen würde. Die Zeit war knapp, er hatte unten den Lärm gehört, und vielleicht hatte ihn der Malaie bereits davon unterrichtet, daß Polizei kam. Jede Sekunde war kostbar. Er stürzte zu dem Versteck, wo er das Ergebnis seiner Bettelei verbarg, und stopfte alle Münzen, die er zu fassen bekam, in die Taschen, um sicherzugehen, daß der Rock sinken würde. Er hatte das gleiche Manöver sicher auch noch mit den anderen Kleidungsstücken vor, als er unten Schritte hörte und nur eben noch Zeit fand, das Fenster zu schließen, ehe die Polizei kam.«

»Das scheint möglich.«

»Es ist eine Hypothese, aber eine bessere haben wir im Augenblick nicht. – Boone wurde also verhaftet und zur Polizeiwache gebracht. Dort stellte sich heraus, daß nichts gegen ihn vorlag. Er war seit Jahren als berufsmäßiger Bettler bekannt, aber sonst hatte er anscheinend ein sehr ruhiges Leben geführt und sich nichts zuschulden kommen lassen. So sieht die Lage aus. Es hat nicht den Anschein, als wären wir der Lösung der Frage, was Neville St. Clair wirklich in der Opiumhöhle suchte, was ihm dort zustieß, wo er jetzt ist und was Hugh Boone mit seinem Verschwinden zu tun hat, irgendwie nähergekommen.«

Wir hatten die Stadt weit hinter uns gelassen und fuhren jetzt durch eine nächtliche, zu beiden Seiten mit Hecken gesäumte Dorfstraße.

»Das ist schon Lee«, sagte Holmes. »Das Licht dort hinten zwischen den Bäumen – das ist das Haus der St. Clairs.«

»Warum führst du die Ermittlungen nicht von der Baker Street aus durch?«

»Weil es einige Punkte gibt, die ich nur hier draußen klären kann. Mrs. St. Clair hat mir freundlicherweise zwei Räume zur Verfügung gestellt. Mein Gott, Watson, wie unangenehm, ihr gegenübertreten zu müssen, ohne Nachricht von ihrem Gatten zu haben!«

Wir hielten vor einer großen Villa. Ein Stalljunge versorgte sofort das Pferd, und ich folgte Holmes zum Haus.

Als wir näher kamen, flog die Tür auf. Eine kleine blonde Frau kam mit großen, fragenden Augen auf uns zu.

Als sie erkannte, daß wir zu zweit waren, stieß sie einen Schrei aus, aber dann verstummte sie, als Holmes den Kopf schüttelte.

»Keine guten Nachrichten?« fragte sie.

»Nein.«

»Schlechte?«

»Nein, auch keine schlechten.«

»Gott sei Dank. Aber kommen Sie herein. Sie müssen todmüde sein nach diesem langen Tag.«

»Das ist mein Freund, Dr. Watson. Er hat mir in vielen meiner Fälle zum Erfolg verholfen. Durch einen glücklichen Zufall war es mir möglich, ihn mitzubringen und mich auch dieses Mal wieder seiner Hilfe zu versichern.«

»Ich freue mich, Sie kennenzulernen«, sagte sie und drückte mir die Hand. Dann führte Mrs. St. Clair uns ins Eßzimmer. Sie hatte schon gedeckt.

»Mr. Sherlock Holmes«, sagte sie, »ich möchte Sie gern ganz offen etwas fragen, und ich bitte Sie um eine ebenso offene Antwort.«
»Gern, Madam.«
»Nehmen Sie dabei keine Rücksicht auf meine Gefühle. Ich bin weder hysterisch, noch falle ich immer in Ohnmacht. Mir liegt nur an Ihrer ehrlichen Meinung. – Glauben Sie, daß Neville lebt?«
Die Frage schien Sherlock Holmes in Verlegenheit zu setzen.
»Ganz offen!« wiederholte sie und blickte ihn unverwandt an, wie er sich in seinem Stuhl zurücklehnte.
»Ganz offen, Madam, ich glaube es nicht.«
»Sie glauben, daß er tot ist?«
»Ja.«
»Ermordet?«
»Das will ich nicht sagen. Vielleicht.«
»Und wann ist er gestorben?«
»Am Montag.«
»Wie erklären Sie sich dann, daß ich heute einen Brief von ihm bekommen habe?«
Sherlock Holmes sprang auf. »Was?« schrie er.
»Ja, heute.« Sie lächelte und hielt ein kleines Stück Papier hoch.
»Darf ich sehen?«
»Bitte.«
In seiner Aufregung riß er ihr das Papier fast aus der Hand. Er strich es auf dem Tisch glatt, zog die Lampe heran und betrachtete es eingehend. Auch ich war aufgesprungen und sah ihm über die Schulter. Es war ein rauhes Kuvert, und die Marke trug den Poststempel von Gravesend mit dem heutigen Datum oder, besser gesagt, dem gestrigen, denn es war schon weit über Mitternacht.
»Aber die Schrift«, murmelte Holmes. »Das ist doch sicher nicht die Schrift Ihres Gatten, Madam.«
»Nein, aber der Brief stammt von seiner Hand.«
»Danach hat also derjenige, der den Umschlag schrieb, sich erst nach seiner Adresse erkundigen müssen.«
»Woher wollen Sie das wissen?«

»Sehen Sie her. Der Name ist in tiefschwarzer Tinte geschrieben, die an der Luft getrocknet ist. Der Rest ist weit heller, er wurde also mit Fließpapier abgelöscht. Wäre die Adresse in einem Zug geschrieben worden, dann müßte die Farbe überall gleich stark sein. Der Mann hat den Namen geschrieben, und dann verging einige Zeit, ehe er die Adresse schrieb, das kann nur bedeuten, daß er sie nicht kannte. Nun der Brief! Ach, es muß ganz bestimmt noch etwas in ihm gelegen haben.«

»Ja, ein Ring. Sein Siegelring.«

»Und Sie sind sicher, daß das die Schrift Ihres Gatten ist?«

»Eine seiner Schriften.«

»Eine?«

»So schrieb er, wenn er in Eile war. Normalerweise ist seine Schrift ganz anders, aber trotzdem erkenne ich sie mit Sicherheit wieder.«

»›Liebste, ängstige Dich nicht. Es wird alles gut werden. Es ist ein gewaltiger Irrtum entstanden, und es wird seine Zeit dauern, bis er geklärt ist. Geduld. – Neville.‹ Mit Bleistift auf das Deckblatt eines Buches geschrieben. Oktavformat. Keine Wasserzeichen. Heute in Gravesend aufgegeben von einem Mann mit einem schmutzigen Daumen. Hier, Watson, die Gummierung. Ich müßte mich sehr irren, wenn der Mann nicht Kautabak nimmt. Und sind Sie sich ganz sicher, Madam, daß es die Schrift Ihres Mannes ist?«

»Völlig sicher. Neville schrieb diese Worte.«

»Poststempel Gravesend . . . Mrs. St. Clair, die Wolkendecke lichtet sich, obwohl ich noch nicht sagen würde, daß die Gefahr schon vorbei ist.«

»Aber er muß am Leben sein, Mr. Holmes.«

»Es sei denn, dieser Brief soll uns auf eine falsche Fährte locken. Der Ring ist noch kein Beweis. Der konnte ihm abgenommen worden sein.«

»Nein, nein; das ist seine Schrift, da gibt es nichts zu rütteln.«

»Nun gut. Er kann allerdings auch schon am Montag geschrieben und vielleicht erst heute aufgegeben worden sein.«

»Das ist möglich.«

»Wenn ja, dann kann sich in der Zwischenzeit noch viel ereignet haben.«
»Oh, bitte, entmutigen Sie mich nicht, Mr. Holmes. Ich weiß, daß er lebt. Verstehen Sie – wir sind uns so nahe, ich hätte gespürt, wenn ihm etwas zugestoßen wäre. An dem Tag zum Beispiel, an dem ich ihn zum letztenmal sah, schnitt er sich im Schlafzimmer: Ich stürzte sofort aus dem Eßzimmer nach oben mit der absoluten Sicherheit, daß etwas passiert war.«
»Ich habe zuviel gesehen, um nicht zu wissen, daß der sechste Sinn einer Frau oft sehr wertvoll sein kann. Und in diesem Brief haben Sie auf jeden Fall einen schwerwiegenden Beweis in Händen, der Ihren Glauben stützt. Aber wenn Ihr Gatte lebt und sogar Briefe schreiben kann, weshalb sollte er dann nicht zu Ihnen kommen können?«
»Es ist unverständlich.«
»Und er machte keine Andeutung am Montag, ehe er wegging?«
»Nein.«
»Und es überraschte Sie, ihn in der Swandam Lane zu sehen?«
»Ja, sehr.«
»War das Fenster offen?«
»Ja.«
»Dann hätte er Ihnen etwas zurufen können?«
»Ja.«
»Er stieß, wenn ich recht unterrichtet bin, nur einen unartikulierten Schrei aus?«
»Ja.«
»Einen Hilfeschrei, dachten Sie?«
»Ja, er winkte mit den Händen.«
»Aber es könnte ein Überraschungsschrei gewesen sein. Erstaunen über Ihren unerwarteten Anblick . . .«
»Das ist möglich.«
»Und Sie hatten den Eindruck, daß er ins Zimmer gezerrt wurde?«
»Er verschwand so plötzlich.«
»Sie sahen niemand sonst im Zimmer?«
»Nein.«

»Ihr Gatte trug, soweit Sie das sehen konnten, die Kleider, in denen er weggegangen war?«

»Ja, aber ohne Kragen und Krawatte. Ich sah ganz deutlich seinen nackten Hals.«

»Hat er jemals von der Swandam Lane gesprochen?«

»Nie.«

»Hatten Sie jemals den Verdacht, daß er Opium nimmt?«

»Nie.«

»Ich danke Ihnen, Mrs. St. Clair. Das sind die wichtigsten Punkte, über die ich mir absolute Klarheit verschaffen wollte.«

Wir zogen uns zurück in das geräumige Schlafzimmer, das für uns vorbereitet war. Aus ein paar untrüglichen Anzeichen konnte ich ersehen, daß Holmes nicht vorhatte, die Nacht zum Schlafen zu benutzen. Er zog Rock und Weste aus und hüllte sich in seinen weiten blauen Morgenrock, ergriff seine Pfeife und legte sich ein Päckchen Tabak und eine Schachtel Streichhölzer bereit. Im schwachen Licht der Lampe sah ich ihn in seinem Sessel sitzen, die alte Pfeife zwischen den Lippen, die Augen starr zur Decke gerichtet, schweigend und unbeweglich wie eine Statue. So saß er da, als ich einschlief, und so saß er immer noch da, als ich, durch einen plötzlichen Ausruf geweckt, die Sonne durchs Fenster scheinen sah. Die Pfeife hing noch immer zwischen seinen Lippen, und im Zimmer standen dicke Rauchwolken, das Päckchen Tabak aber, das ich vor dem Einschlafen gesehen hatte, war leer.

»Aufgewacht, Watson?« fragte er.

»Ja.«

»Lust zu einer kleinen Morgenfahrt?«

»Sicher.«

»Dann zieh dich an. Ich weiß, wo der Stalljunge schläft, den Wagen werden wir bald haben.« Er lachte leise vor sich hin, als er den Raum verließ.

Als ich mich anzog, warf ich einen Blick auf meine Uhr. Kein Wunder, daß es im Haus noch so ruhig war. Es war fünfundzwanzig Minuten nach vier. Ich knöpfte mir eben die Weste zu, als Holmes zurückkam.

»Ich habe mir da so eine kleine Theorie zurechtgelegt und will die Probe aufs Exempel machen«, sagte er. »Sieh mich an, Watson! Vor dir steht einer der größten Trottel Europas. Aber ich glaube, jetzt habe ich den Schlüssel zu diesem Geheimnis.«

»Und der wäre?« fragte ich lächelnd.

»Im Badezimmer«, sagte er. »Ohne Scherz«, fuhr er fort, als er mein ungläubiges Gesicht sah. »Da komme ich eben her. Ich habe den Schlüssel mitgenommen, hier in dieser Tasche. Jetzt los, Watson, wir wollen sehen, ob er in das Schloß paßt.«

In der Stadt rieben sich die ersten Frühaufsteher die Augen, als wir vor der Polizeiwache in der Bow Street vorfuhren. Hier war Sherlock Holmes' Gestalt wohlbekannt, und die zwei Polizisten vor der Tür salutierten. Der eine hielt das Pferd, während der andere uns hineingeleitete.

»Wer hat Dienst?« fragte Holmes.

»Inspektor Bradstreet, Sir.«

»Ah, Bradstreet, guten Morgen!« Ein großer, untersetzter Mann kam über die hellen Steinfliesen des Korridors auf uns zu. »Ich hätte gern etwas mit Ihnen besprochen, Bradstreet.«

»Aber gern, Mr. Holmes. Kommen Sie doch in mein Zimmer.«

Wir wurden in ein kleines Büro geführt, und der Inspektor setzte sich hinter seinen Schreibtisch.

»Was kann ich für Sie tun, Mr. Holmes?«

»Ich komme wegen Boone – Sie wissen schon, dieser Bettler, der mit dem Verschwinden von Mr. Neville St. Clair aus Lee zu tun haben soll.«

»Ja, er wurde vorgeführt und für weitere Vernehmungen hierbehalten.«

»Das hörte ich. Haben Sie ihn hier?«

»In einer Zelle.«

»Ist er ruhig?«

»Oh, er machte keine Umstände. Aber er ist ein dreckiger Kunde.«

»Dreckig?«

»Ja, zu mehr als zum Händewaschen haben wir ihn bisher nicht bringen können. Na ja, wenn sein Fall zur Verhandlung kommt,

dann stecken wir ihn erst in die Badewanne – wenn Sie ihn sähen, würden Sie mir recht geben.«
»Ich würde ihn sehr gern sehen.«
»Jetzt? Nichts leichter als das. Kommen Sie mit. Ihre Tasche können Sie hierlassen.«
»Nein, ich glaube, ich nehme sie lieber mit.«
»Wie Sie wollen.« Er führte uns durch einen dunklen Gang, öffnete eine verriegelte Tür und stieg eine Wendeltreppe hinunter. Dann standen wir auf einem weißgekalkten Flur mit einer Anzahl Türen zu beiden Seiten. »Dritte Tür rechts«, sagte der Inspektor. »Hier!« Er schob mit geübter Bewegung eine Klappe an der oberen Türhälfte zurück. »Er schläft«, sagte er. »Aber Sie können ihn ganz gut sehen.«
Wir blickten beide durch das Guckloch. Der Gefangene lag mit dem Gesicht zur Tür. Im Schlaf atmete er langsam und schwer. Boone war ein mittelgroßer Mann, zerlumpt gekleidet. Unter dem zerknitterten Rock trug er ein buntes Hemd. Er war unwahrscheinlich schmutzig, aber nicht einmal der Dreck auf seinem Gesicht konnte seine abstoßende Häßlichkeit verbergen. Eine breite Narbe lief vom Auge bis zum Kinn herunter und zog die Oberlippe am Mundwinkel nach oben. Ein feuerrotes Haarbüschel fiel ihm über Stirn und Augen.
»Eine Schönheit, was?« fragte der Inspektor.
»Er hat wirklich ein Bad dringend nötig«, sagte Holmes. »So etwas Ähnliches hatte ich mir gedacht. Ich war deshalb so frei und habe das notwendige Werkzeug gleich mitgebracht.« Er machte seine Tasche auf und entnahm ihr zu meinem Erstaunen einen Badeschwamm.
»Sie sind doch ein Spaßvogel!« Der Inspektor lächelte erfreut.
»Wenn Sie jetzt so freundlich sein wollten, die Tür ganz leise zu öffnen, dann wird er bald respektabler aussehen.«
»Na ja, warum auch nicht«, sagte der Inspektor. »Er ist wirklich nicht gerade eine Zierde dieser gastlichen Stätte, was?« Er steckte seinen Schlüssel ins Schloß. Auf Zehenspitzen betrat er die Zelle. Der Schlafende drehte sich etwas zur Seite und schlief weiter.

Holmes beugte sich über den Wasserkrug, befeuchtete seinen Schwamm und fuhr dann zweimal kräftig über das Gesicht des Gefangenen.
»Ich möchte Ihnen hiermit«, rief er mit dröhnender Stimme, »Mr. Neville St. Clair aus Lee in der Grafschaft Kent vorstellen!«
So etwas hatte ich noch nie in meinem Leben gesehen. Das Gesicht des Mannes löste sich unter dem Schwamm wie die Rinde vom Baum. Weg war die braune Schmutzschicht! Und weg auch die entstellende Narbe samt der hochgezogenen Lippe, die dem Gesicht diesen fürchterlichen fletschenden Ausdruck gegeben hatte! Ein weiterer Griff ließ das wirre rote Haar verschwinden. Ein bleicher, kultiviert aussehender Mann mit traurigen Augen richtete sich auf der Pritsche auf. Er strich sich über die schwarzen Haare, rieb sich schläfrig die Augen und starrte mit halbwacher Verblüffung um sich.
»Guter Gott!« schrie der Inspektor. »Das ist ja der Vermißte. Ich kenne ihn von der Fotografie her.«
Dem Gefangenen schien klargeworden zu sein, was geschehen war. »Nun gut«, sagte er dann. »Und wessen bin ich angeklagt?«
»Der Entführung von Mr. Neville St. Clair«, begann der Inspektor. Er stockte. »Das geht ja schlecht – versuchter Selbstmord vielleicht.« Er grinste. »Ich bin jetzt immerhin schon seit siebenundzwanzig Jahren bei der Polizei, aber so etwas . . .«
»Wenn ich Mr. Neville St. Clair bin, dann liegt es auf der Hand, daß kein Verbrechen begangen wurde und deshalb meine Verhaftung auf keinen Fall gerechtfertigt ist.«
»Es ist kein Verbrechen, wohl aber ein großer Irrtum geschehen«, sagte Holmes. »Sie hätten besser daran getan, Ihrer Frau zu vertrauen.«
»Ich tat es nicht wegen meiner Frau, sondern wegen der Kinder«, stöhnte der Gefangene. »Bei Gott, ich wollte nicht, daß sie sich ihres Vaters schämen sollten. Was soll ich jetzt tun?«
Sherlock Holmes setzte sich neben ihn auf die Pritsche.
»Wenn Sie die Sache so weitertreiben, daß ein Gerichtshof sich damit befaßt«, sagte er, »dann wird kaum zu vermeiden sein, daß

der Fall an die Öffentlichkeit dringt. Andererseits glaube ich kaum, daß etwas durchsickert, wenn es Ihnen gelingt, die Polizei davon zu überzeugen, daß im Grunde gar nichts gegen Sie vorliegt. Ich bin überzeugt, daß Inspektor Bradstreet Ihr Geständnis gern aufnehmen und an die zuständige Stelle weiterleiten wird. Dann würde der Fall gar nicht erst vor ein Gericht kommen.«

»Ich danke Ihnen«, sagte der Gefangene. »Ich hätte lieber ein Todesurteil auf mich genommen, als daß meine Kinder davon erfahren hätten.« Er schwieg eine Weile, und dann fuhr er fort:

»Sie sind der erste Mensch, der meine Geschichte zu hören bekommt. – Mein Vater war Lehrer in Chesterfield. Ich hatte eine gute Erziehung, reiste viel in meiner Jugend, ging zur Bühne und wurde schließlich Reporter bei einer Londoner Abendzeitung. Eines Tages schlug mein Chef vor, eine Reportage über das Bettelunwesen in der Hauptstadt zu bringen. Ich erklärte mich bereit, diesen Bericht zu schreiben. Das war der Anfang. Das Material zu meinen Artikeln konnte ich nur bekommen, wenn ich mich selber als Amateurbettler versuchte. Als Schauspieler hatte ich ja alle Tricks beim Schminken gelernt, und ich war in allen Garderoben berühmt für meine Geschicklichkeit. Diese Kunst wandte ich nun praktisch an. Um so viel Mitleid wie nur möglich zu schinden, machte ich mir eine schöne Narbe ins Gesicht. Dann suchte ich mir mit roter Perücke und angemessener Lumpenausstattung einen Platz im belebtesten Teil der City. Ich gab mich als Streichholzverkäufer aus, in Wirklichkeit aber spielte ich den Bettler. Sieben Stunden saß ich an diesem ersten Tage in der Stadt. Als ich abends nach Hause kam, stellte ich zu meiner Überraschung fest, daß ich immerhin sechsundzwanzig Shilling und vier Pence eingenommen hatte.

Ich schrieb meine Artikel. Ich hatte die ganze Sache schon fast vergessen, als ich eine Bürgschaft für einen Freund übernahm und einen Zahlungsbefehl über 25 Pfund bekam. Ich hatte das Geld nicht, und da kam mir die Idee. Ich brachte den Gläubiger dazu, mir vierzehn Tage Aufschub zu gewähren. Ich nahm Urlaub, und in meiner alten Maske als Bettler zog ich wieder auf meinen Platz in der City. Innerhalb von zehn Tagen hatte ich das Geld zusammen und konnte die Schuld bezahlen.

Vielleicht können Sie sich vorstellen, daß es nicht einfach war, für zwei Pfund pro Woche hart zu arbeiten in dem Bewußtsein, daß ich diese Summe in einem Tag ›verdienen‹ konnte, wenn ich mir das Gesicht mit etwas Farbe überschmierte, meine Mütze vor mich hinlegte und still in meiner Ecke saß. Stolz und Geld lieferten sich einen langen Kampf. Schließlich siegte das Geld. Ich gab das Artikelschreiben auf. Tag für Tag erschien ich in der einmal gewählten Ecke, erregte mit meinem grausigen Gesicht das Mitleid der Passanten und heimste den Kupfersegen ein.

Nur ein Mensch wußte um mein Geheimnis. Das war der Besitzer einer Kaschemme in der Swandam Lane, in der ich mich eingemietet hatte, um mich jeden Morgen in einen armseligen Bettler und abends wieder in den gutgekleideten Geschäftsmann verwandeln zu können. Diesen Burschen, einen Malaien, bezahlte ich fürstlich für sein Zimmer, so daß ich sicher sein konnte, daß mein Geheimnis gewahrt blieb.

Ich hatte bald eine ganze Menge gespart. Ich will damit nicht sagen, daß jeder Bettler in den Straßen Londons siebenhundert Pfund im Jahr einnehmen kann – das liegt unter meinem Durchschnitt –, aber ich verstand mich eben besonders gut aufs Schminken und war nie um eine Antwort verlegen. Schließlich war ich als Original in der City bekannt.

Dann heiratete ich. Keiner hegte den geringsten Verdacht. Meine Frau wußte, daß ich geschäftlich in der Stadt zu tun hatte, mehr nicht.

Auch am letzten Montag zog ich mich in meinem Zimmer über der Opiumhöhle um. Ich blickte zufällig aus dem Fenster. Da sah ich zu meinem Schrecken, daß meine Frau auf der Straße stand und starr zu mir heraufblickte. Ich stieß einen Schrei der Überraschung aus, warf die Arme hoch, um mein Gesicht zu verbergen, sprang zurück und befahl dem Malaien, niemanden heraufzulassen. Hastig verwandelte ich mich wieder in den Bettler. Aber dann fiel mir ein, daß vielleicht die Zimmer durchsucht werden und die Kleider mich verraten könnten. Ich stieß das Fenster auf und riß in meiner Hast die kleine Wunde dabei wieder auf, die ich mir morgens im Schlafzimmer zugezogen hatte. Ich ergriff meinen Rock, in den ich bereits meine Tageseinnahme gesteckt hatte, und warf ihn aus dem Fenster. Er verschwand in der Themse. Die anderen Kleider sollten den gleichen Weg gehen, aber in diesem Augenblick stürmte die Polizei die Treppe herauf. Wenige Minuten später wurde ich, zu meiner Erleichterung, wie ich gestehen muß, nicht als Mr. Neville St. Clair identifiziert, sondern unter Mordverdacht verhaftet.

Viel gibt es jetzt wohl nicht mehr zu erklären. Ich war entschlossen, meine Rolle so lange wie nur möglich zu spielen. Da ich wußte, daß meine Frau sich schrecklich ängstigen würde, zog ich meinen Ring ab und übergab ihn dem Malaien in einem unbewachten Augenblick mit einer hastig hingekritzelten Botschaft an meine Frau.«

»Sind Sie eigentlich nie wegen Bettelns bestraft worden?« fragte Holmes.

»Oft, aber was machte mir eine Geldstrafe schon aus!«

»Das muß allerdings aufhören«, sagte Bradstreet. »Wenn die Polizei die Sache vergessen soll, dann darf es keinen Hugh Boone mehr geben.«

»Nie wieder, das habe ich mir geschworen.«

»In diesem Fall glaube ich sagen zu können, daß keine weiteren Schritte unternommen werden. Wenn Sie noch einmal erwischt werden, dann kommt alles heraus. Mr. Holmes, wir stehen tief in Ihrer Schuld. Ich wünschte nur, ich wüßte, wie Sie das machen.«

»In diesem Fall«, sagte mein Freund, »habe ich einen weichen Sessel und ein Päckchen Tabak zu Hilfe genommen. Watson, ich glaube, wenn wir jetzt direkt weiterfahren in die Baker Street, dann kommen wir gerade noch zum Frühstück zurecht.«

Junggeselle von Adel

Der Brief kam mit der Mittagspost, ein schwerer Umschlag mit aufgedrucktem Wappen und Monogramm, und ich überlegte mir, wer wohl der Mann war, der mit meinem Freund korrespondierte. Damals, vor meiner Heirat, wohnte ich noch mit Holmes zusammen in der Baker Street. Er kam eben von einem Spaziergang zurück. Ich deutete auf den Brief.

»Eine ganz elegante Epistel«, sagte ich, »deine Morgenpost hingegen kam von einem Fischhändler und einem Zollbeamten.«

»Warum nicht, Watson«, antwortete er lächelnd, »je vielseitiger, desto besser, und die einfacheren Briefe sind gewöhnlich die interessantesten. Das hier sieht mir nach einer dieser unerfreulichen Einladungen aus, die man ablehnen kann und bei denen man sich entweder schrecklich langweilt oder zum Heuchler wird.«

Er erbrach das Siegel und überflog den Inhalt.

»Ach, da schau her. Das sieht ganz vielversprechend aus.«

»Keine Einladung?«

»Nein, im Gegenteil, ein Auftrag.«

»Von einem vornehmen Klienten?«

»Einem der vornehmsten Englands.«

»Gratuliere.«

»Ohne in den Verdacht allzu großer Bescheidenheit zu geraten, möchte ich dir versichern, lieber Watson, daß der Rang eines Klienten mir wenig bedeutet, wenn es um einen interessanten Fall geht. Du hast die Berichte in den Zeitungen in der letzten Zeit genau verfolgt?«

Ich deutete auf einen großen Stapel Zeitungen in der Ecke. »Ich hatte sonst nichts zu tun.«

»Ein Glück, dann kannst du mich vielleicht informieren. Ich lese außer den Kriminalberichten nur noch die Trost-und-Rat-Spalten. Sie sind immer sehr aufschlußreich. – Aber wenn du die Ereignisse der letzten Woche verfolgt hast, weißt du etwas über Lord St. Simon und seine Heirat?«

»Aber ja, so etwas lese ich mit Vergnügen.«

»Gut. Der Brief hier ist von Lord St. Simon. Ich lese ihn dir vor, und du kannst dann für mich die Zeitungen durchsehen und die Einzelheiten heraussuchen, die mit dem Fall zu tun haben. Also höre zu:

›Mein lieber Mr. Sherlock Holmes, Lord Backwater versicherte mir, daß ich mich auf Ihr Urteil und Ihre Diskretion unbedingt verlassen könne. Ich habe mich daher entschlossen, bei Ihnen vorzusprechen und Sie in einem äußerst schmerzlichen Vorfall, der sich in Verbindung mit meiner Heirat ereignet hat, zu konsultieren. Mr. Lestrade von Scotland Yard hat in dieser Angelegenheit bereits Schritte unternommen, aber er versicherte mir, daß er nichts gegen Ihre Mitarbeit einzuwenden habe. Ich werde heute nachmittag um vier Uhr zu Ihnen kommen. Sollten Sie zu diesem Zeitpunkt bereits eine andere Verabredung haben, möchte ich Sie herzlich bitten, diese zu verschieben.
Mit vorzüglicher Hochachtung

Robert Lord St. Simon‹

So«, sagte Holmes. »Jetzt ist es drei. In einer Stunde wird er hier sein. Nicht viel Zeit. Suchst du mir jetzt die Berichte heraus? Möglichst in zeitlicher Reihenfolge. Ich werde mich inzwischen über die Person unseres Klienten informieren.« Er zog einen Band mit rotem Lederrücken aus dem Bücherbord neben dem Kamin und setzte sich mit dem aufgeschlagenen Band nieder. »Das wird er sein«, sagte er dann, »›Robert Walsingham de Vere St. Simon, zweiter Sohn des Duke of Balmoral‹. Er ist einundvierzig Jahre alt – alt genug zum Heiraten. Gehörte zum Kolonialministerium einer der letzten Regierungen. Der Herzog, sein Vater, war seinerzeit Außenminister. Nicht sehr instruktiv. Ich wende mich wohl besser an dich, Watson.«
»Das wird nicht schwer sein«, sagte ich. »Das Ganze liegt erst kurze Zeit zurück, und die Sache kam mir damals schon bemerkenswert vor.«
»Also gut, erzähle.«

»Hier die erste Notiz, die ich finden kann. Aus der Gesellschaftsspalte in der Morning Post; das war vor einigen Wochen. ›Man spricht von einer Ehe, die, wenn die Gerüchte sich bewahrheiten, in Bälde geschlossen werden soll, und zwar zwischen Robert Lord St. Simon, dem zweiten Sohn des Herzogs von Balmoral, und Miß Hatty Doran, der einzigen Tochter des Herrn Aloysius Doran aus San Franzisko, Cal., USA.‹ – Das ist alles.«

»Kurz und bündig«, sagte Holmes und schob seine langen, dünnen Beine näher ans Feuer.

»Dann noch ein ausführlicher Artikel in einer der Gesellschaftszeitungen aus der gleichen Woche. Hier ist er:

›Es wird sich bald der Schrei nach Schutzzöllen auf dem Heiratsmarkt erheben, denn die augenblicklichen Freihandelsprinzipien scheinen unseren Inlandserzeugnissen immer härtere Schläge zu versetzen. Unsere schönen Cousinen von jenseits des Atlantiks legen immer mehr die Hand auf die ersten Häuser Großbritanniens. Erst in der letzten Woche hat eine dieser charmanten Eroberinnen eine neue Trophäe errungen. Lord St. Simon, der sich zwanzig Jahre lang gegen die Pfeile des kleinen Gottes immun erwies, hat nun seine Heirat mit Miß Hatty Doran, der bezaubernden Tochter eines kalifornischen Millionärs, angezeigt. Miß Doran, deren Schönheit bei den Festlichkeiten in Westbury House Triumphe feierte, ist die einzige Tochter, und man erzählt sich, daß für ihre Mitgift eine sechsstellige Zahl nicht ausreicht, nicht zu sprechen von dem, was sie in der Zukunft zu erwarten hat. Da es ein offenes Geheimnis ist, daß der Herzog von Balmoral in den letzten Jahren gezwungen war, seine Bildergalerie zu veräußern, und da Lord St. Simon nicht über eigenen Besitz verfügt, abgesehen von dem kleinen Gut auf Birchmoor, liegt es auf der Hand, daß die kalifornische Erbin nicht der alleinige Gewinner bei einer Verbindung ist, die aus der republikanischen Dame eine britische Adlige machen wird.‹«

»Sonst noch was?« fragte Holmes gähnend.

»O ja, eine ganze Menge. Eine weitere Notiz in der Morning Post besagt, daß die Heirat im kleinen Kreis in der St.-George-

Kirche vollzogen und in dem von Mr. Aloysius Doran gemieteten Haus in Lancaster Gate gefeiert wird. Zwei Tage später – also letzten Mittwoch – eine kurze Meldung, daß die Hochzeit stattgefunden habe und daß für die Flitterwochen Lord Backwaters Schloß bei Petersfield bereitstehe. Das ist alles, was vor dem Verschwinden der Braut erschien.«

»Vor was?« fragte Holmes, nun wieder aufmerksam.

»Die Dame verschwand.«

»Wann?«

»Beim Hochzeitsfrühstück.«

»Ach, das ist ja interessanter, als es aussah.«

»Ja, es kam mir auch ein wenig ungewöhnlich vor.«

»Sie verschwinden oft vor der Trauung und gelegentlich auch während der Flitterwochen, aber von einem so spontanen Entschluß habe ich noch nie gehört. Weiter, bitte.«

»Der letzte Artikel erschien gestern in einer Morgenzeitung. Die Überschrift: ›Einmaliges Ereignis bei einer eleganten Hochzeit. In größte Bedrängnis wurde die Familie von Robert Lord St. Simon durch die seltsamen und schmerzlichen Ereignisse gestürzt, die sich im Zusammenhang mit seiner Heirat ereigneten. Die Trauung fand, wie berichtet, gestern morgen in der St.-George-Kirche statt. Die Hochzeitsgesellschaft – nur die nächsten Familienangehörigen – begab sich danach zu einem Frühstück ins Haus des Mr. Aloysius Doran in Lancaster Gate. Anscheinend verursachte eine Frau, deren Name bis zum Redaktionsschluß noch nicht bekannt war, einen Zwischenfall, als sie mit der Behauptung, sie habe ältere Rechte auf Lord St. Simon, hinter dem Hochzeitszug ins Haus eindringen wollte. Der Butler wies ihr nach einer äußerst peinlichen Szene die Tür. Die Braut, die das Haus glücklicherweise schon vor diesem Zwischenfall betreten hatte, setzte sich mit den Gästen zum Frühstück nieder, klagte aber plötzlich über Übelkeit und zog sich auf ihr Zimmer zurück. Als sie auch nach längerer Zeit nicht wieder erschien, erhob sich ihr Vater, um nach ihr zu sehen. Er erfuhr von ihrer Zofe, daß sie ihr Zimmer nur für einen Augenblick betreten, Hut und Mantel ergriffen habe und die Treppe hinuntergeeilt sei. Einer der Diener erklärte, er habe eine Dame in dieser Kleidung beobachtet, wie sie das Haus verließ, aber nicht im Traum daran gedacht, daß es sich um seine Herrin handeln könnte, da er sie bei der Hochzeitsgesellschaft glaubte. Nachdem Mr. Aloysius Doran sich vergewissert hatte, daß seine Tochter verschwunden war, setzten er und der Bräutigam sich sofort mit der Polizei in Verbindung. Es wurden unverzüglich die entsprechenden Schritte in die Wege geleitet, und es ist zu erwarten, daß diese eigenartige Affäre in Kürze geklärt ist. Gerüchtweise verlautet, daß die Polizei einen Haftbefehl für die Frau, die den Zwischenfall vor dem Haus provoziert hatte, ausgestellt habe; die Möglichkeit ist nicht von der Hand zu weisen, daß sie aus Eifersucht oder ähnlichen Motiven an dem seltsamen Verschwinden der Braut beteiligt sein könnte.«

»Ist das alles?«

»Nur noch eine kleine Notiz in einer anderen Morgenzeitung.«

»Und die wäre?«

»Daß Miß Flora Miller, die Akteurin des Zwischenfalls, tatsächlich verhaftet worden ist. Anscheinend ist sie eine ehemalige Tänzerin aus dem ›Allegro‹. Sie kannte den Bräutigam seit einigen Jahren. Keine weiteren Einzelheiten.«

»Es klingelt, Watson.« Ich blickte auf die Uhr. Es war genau drei Minuten nach vier. Ich sah Holmes an.

»Bleib«, sagte er, »ich möchte, daß ich für das Gespräch einen Zeugen habe.«

»Lord St. Simon«, meldete in diesem Augenblick unser Diener.

Ein bleicher, kultiviert aussehender Mann mit einem kaum merkbaren Zug des Unwillens um den Mund betrat das Zimmer. Ein Mann, dem man anmerkte, daß er gewohnt war, Befehle zu erteilen und Gehorsam zu finden. Er wirkte energisch, aber bedeutend älter, als er in Wirklichkeit war; er ging leicht nach vorn gebeugt, und sein gekräuseltes Haar war gelichtet. Seine Kleidung war so übertrieben elegant, daß sie schon beinahe dandyhaft wirkte.

»Guten Tag, Lord St. Simon.« Holmes erhob sich mit einer Verbeugung. »Bitte, nehmen Sie Platz. Das ist mein Freund und Kollege Dr. Watson. Setzen Sie sich doch näher ans Fenster, dann wollen wir die Angelegenheit besprechen.«

»Für mich eine äußerst schmerzliche Angelegenheit, wie Sie sich wohl vorstellen können, Mr. Holmes. Es hat mich tief getroffen. Man sagte mir, daß Sie bereits auch mehrere Fälle dieser Art gelöst haben, wenn ich auch kaum annehme, daß sie von annähernd gleichem gesellschaftlichem Rang waren.«

»Mein letzter Klient in einem derartigen Fall war ein König«, sagte Holmes.

»Oh, wirklich, das ahnte ich nicht. Und welcher König?«

»Sie werden verstehen«, sagte Holmes mild, »daß ich die Angelegenheiten meiner anderen Klienten mit derselben Diskretion behandle, die ich auch Ihnen verspreche.«

»Aber natürlich! Völlig richtig! Ich muß mich entschuldigen. Was meinen Fall betrifft, bin ich natürlich bereit, Ihnen alle Informationen zu geben, die Sie brauchen.«

»Danke. Ich bin bis jetzt nur durch die Presse unterrichtet. Ich nehme an, daß die Berichte die wichtigsten Punkte korrekt wiedergeben – der Artikel zum Beispiel, der sich mit dem Verschwinden der Braut befaßt.«

Lord St. Simon las nach. »Ja, das ist korrekt.«

»Darf ich dazu noch ein paar Fragen stellen?«

»Bitte.«

»Wann trafen Sie Miß Hatty Doran denn zum erstenmal?«

»In San Franzisko, vor einem Jahr.«

»Verlobten Sie sich schon damals?«

»Nein.«

»Aber Sie waren befreundet?«

»Ich hatte Spaß an ihrer Gesellschaft, und sie konnte sehen, daß es mir Freude machte.«

»Ihr Vater ist sehr reich?«

»Man nennt ihn den reichsten Mann Kaliforniens.«

»Und wie kam er zu seinem Geld?«

»Goldminen. Noch vor ein paar Jahren hatte er nichts. Dann

stieß er auf Gold. Er legte sein Geld sehr klug an; in kurzer Zeit war er ein gemachter Mann.«
»Und was ist Ihr Eindruck vom Charakter der jungen Dame – Pardon, Ihrer Frau?«
Der Lord spielte mit der Seidenschnur seines Monokels und starrte ins Feuer. »Sehen Sie, Mr. Holmes«, sagte er, »meine Frau war gerade zwanzig, als ihr Vater zu Geld kam. Bis dahin führte sie mit ihrem Vater das ungebundene freie Leben aller Goldgräber, zog durch die Wälder und über die Berge; ihre Erziehung hat die Natur und nicht ein Lehrer besorgt. Sie ist stürmisch, ein Vulkan, möchte ich sagen. Sie faßt schnelle Entschlüsse, und was sie will, führt sie ohne Zögern aus. Andererseits«, er hüstelte diskret, »wenn ich sie nicht im Grunde für eine aristokratische Natur halten würde, hätte ich ihr nicht den Namen gegeben, den zu tragen ich die Ehre habe. Ich bin überzeugt, daß sie nie eine ehrenrührige Handlung begehen würde.«
»Haben Sie eine Fotografie von ihr?«
Er öffnete ein Medaillon und zeigte uns das Bild einer sehr schönen Frau. Es war keine Fotografie, sondern eine Elfenbeinminiatur, und der Künstler hatte wirklich die ganze Schönheit des schimmernden schwarzen Haares, der großen dunklen Augen und des feingeschnittenen Mundes in den winzigen Rahmen gebannt. Holmes' Blick ruhte sehr lange darauf. Dann klappte er das Medaillon wieder zu und gab es Lord St. Simon zurück.
»Die junge Dame kam dann nach London, und Sie erneuerten die alte Bekanntschaft?«
»Ja, ihr Vater brachte sie zur letzten Londoner Saison herüber. Ich traf sie verschiedentlich und habe sie nun geheiratet.«
»Sie erhielt, wenn ich recht unterrichtet bin, eine beträchtliche Mitgift?«
»Eine angemessene Mitgift«, korrigierte der Lord. »Nicht mehr, als in meiner Familie üblich ist.«
»Und die bleibt Ihnen natürlich erhalten, da die Heirat ein Fait accompli ist?«
»Danach habe ich mich wirklich noch nicht erkundigt.«

»Natürlich nicht. Sahen Sie Miß Doran am Tag vor der Hochzeit?«
»Ja.«
»Schien Sie Ihnen bedrückt?«
»Fröhlicher habe ich sie nie erlebt. Sie hatte Pläne über Pläne, was wir in Zukunft alles tun wollten.«
»Und am Hochzeitsmorgen?«
»Sie war in bester Stimmung – zumindest bis nach der Feier.«
»Und dann bemerkten Sie plötzlich eine Veränderung an ihr?«
»Um ganz ehrlich zu sein, da bemerkte ich eigentlich zum erstenmal, daß sie ein etwas heftiges Temperament hat. Der Anlaß war trivial, er kann mit der ganzen Sache unmöglich etwas zu tun haben.«
»Erzählen Sie bitte trotzdem.«
»Muß das sein? Es ist ausgesprochen kindisch. Als wir durchs Kirschenschiff gingen, ließ sie ihr Brautbukett fallen, das war an der ersten Bankreihe. Es gab einen kleinen Aufenthalt, aber ein Gentleman in der Bank reichte ihr die Blumen wieder herauf. Die Blumen waren unbeschädigt, aber als ich eine Bemerkung darüber fallenließ, antwortete sie mir ungewöhnlich schroff. Noch beim Nachhauseweg im Wagen schien sie dieser doch unbedeutende Zwischenfall zu beschäftigen.«
»Sie sagten, es saß ein Gentleman in der Bank? Er gehörte nicht zum Freundeskreis Ihrer Frau?«
»Nein, nein, und einen Gentleman nenne ich ihn eigentlich nur aus reiner Höflichkeit. Ich habe ihn mir auch nicht näher angesehen. Aber ich glaube, wir schweifen vom Thema ab.«
»Lady St. Simon kam also von der Trauung ein wenig bedrückt zurück. Was geschah, als sie das Haus ihres Vaters wieder betrat?«
»Ich sah, wie sie sich mit ihrer Zofe unterhielt.«
»Und wer ist ihre Zofe?«
»Sie heißt Alice, eine Amerikanerin. Sie kam aus Kalifornien mit herüber.«
»Sie hat das Vertrauen ihrer Herrin?«
»Allzusehr. Meiner Meinung nach gestattet meine Frau ihr zuviel Freiheiten. Nun ja, drüben in Amerika ist das vielleicht anders.«

»Wie lange sprach sie mit der Zofe?«
»Oh, ein paar Minuten. Ich hatte andere Dinge im Kopf, als darauf zu achten.«
»Sie hörten nicht zufällig, was sie sprachen?«
»Lady St. Simon sagte etwas über ›die Hand drauf gelegt‹. Sie gebraucht oft solche Ausdrücke. Es war mir unverständlich, was sie damit meinte.«
»Und was machte Ihre Gattin nach dem Gespräch mit der Zofe?«
»Sie ging ins Eßzimmer.«
»An Ihrem Arm?«
»Nein, allein. Etwa zehn Minuten, nachdem wir uns niedergesetzt hatten, erhob sie sich hastig, murmelte eine Entschuldigung und verließ das Zimmer. – Sie kam nicht mehr zurück.«
»Und die Zofe Alice behauptet also, daß sie auf ihr Zimmer ging, ihr Brautkleid unter einem langen Mantel verbarg, einen Hut aufsetzte und wegging?«
»Ja. Später wurde dann meine Frau noch im Hydepark mit einer gewissen Flora Miller gesehen, das ist die Frau, die jetzt verhaftet ist und durch die es bereits am Morgen dieses Tages vor dem Haus des Mr. Doran zu einem Zwischenfall kam.«
»Ah, ja. Ich hätte gern ein paar Auskünfte über diese junge Dame und Ihre Beziehungen zu ihr.«
Lord St. Simon zuckte die Schultern und zog die Augenbrauen hoch. »Wir waren ein paar Jahre lang befreundet – sehr eng befreundet, darf ich wohl sagen. Sie trat im ›Allegro‹ auf. Ich war immer großzügig ihr gegenüber, sie hat keinen Grund, sich über mich zu beklagen, aber Sie wissen ja, wie Frauen sind, Mr. Holmes. Flora war ein liebes kleines Ding, äußerst temperamentvoll. Sie hing sehr an mir. Als sie hörte, daß ich die Absicht hatte zu heiraten, schrieb sie mir schreckliche Briefe. Ganz ehrlich, das war auch der Grund, warum ich mich entschloß, in aller Stille zu heiraten. Ich befürchtete einen Skandal in der Kirche. Sie kam wenige Minuten nach unserer Rückkehr vor Mr. Dorans Haus an. Sie versuchte, mit Gewalt einzudringen. Sie schrie und drohte, aber ich hatte eine derartige Möglichkeit bereits einkalkuliert und den

Dienern meine Instruktionen gegeben; sie warfen die Dame hinaus. Als sie einsah, daß sie nichts erreichen konnte, war sie still und ging.«

»Hat Ihre Frau das gehört?«

»Nein, Gott sei Dank nicht.«

»Und später wurde sie mit dieser Frau gesehen? Wie . . .?«

»Ja. Eben das hält auch Mr. Lestrade von Scotland Yard für so bedenklich. Man glaubt bei der Polizei, daß Flora meine Frau weglockte und ihr eine Falle stellte.«

»Das könnte man daraus schließen.«

»Sie glauben das auch?«

»Ich sagte nicht, daß man es daraus schließen muß. Sie selbst neigen wohl nicht unbedingt zu dieser Ansicht?«

»Ich glaube nicht, daß Flora auch nur einer Fliege etwas zuleide tun könnte.«

»Eifersucht kann die Menschen verwandeln. Was haben Sie denn für eine Erklärung für das alles?«

»Ich bin hierhergekommen, um eben das von Ihnen zu erfahren, Mr. Holmes. Nicht Sie von mir. Aber da Sie mich fragen – ich halte es immerhin für möglich, daß die ganze Aufregung des Tages vielleicht bei meiner Frau eine kleine nervöse Störung verursachte.«

»Kurzum, daß sie plötzlich – entschuldigen Sie – überschnappte?«

»Nun ja, wenn ich es mir überlege, daß sie – ich will hier nicht von mir sprechen, sondern nur von dem, was so viele Mädchen ihr Leben lang erträumen und doch nie erreichen, ein derartiger gesellschaftlicher Aufstieg – verstehen Sie, wenn eine Frau das alles plötzlich im Stich läßt, dann gibt es doch keine andere Erklärung.«

»Das ist eine Möglichkeit«, sagte Holmes lächelnd. »Ich glaube, Lord St. Simon, daß ich jetzt nahezu alles erfahren habe, was ich wissen muß. Darf ich fragen, ob Sie am Frühstückstisch so saßen, daß Sie aus dem Fenster sehen konnten?«

»Wir konnten die gegenüberliegende Straßenseite und den Park überblicken.«

»Dann glaube ich nicht, daß ich Sie noch länger aufhalten muß. Ich werde mich mit Ihnen in Verbindung setzen.«

»Wenn Sie dieses Problem lösen«, sagte der Lord.

»Ich habe es gelöst.«

»Wie? Was sagten Sie?«

»Ich sagte, daß ich es gelöst habe.«

»Wo steckt dann meine Frau?«

»Ich werde es sehr bald wissen.«

Lord St. Simon schüttelte den Kopf. »Ich fürchte, dazu braucht es schlauere Köpfe als Ihren oder meinen«, sagte er, machte eine prächtige, altväterische Verbeugung und empfahl sich.

»Zu gütig von Lord St. Simon, wenn er meinem Kopf die Ehre erweist, ihn auf die gleiche Stufe zu stellen wie den seinen«, sagte Holmes lachend. »Nach diesem Kreuzverhör brauche ich einen Whisky, Watson, und eine Zigarre. Meine Meinung über diesen Fall stand schon fest, ehe unser Klient uns besuchte.«

»Aber, aber ...«

»Ich kann die Aufzeichnungen von verschiedenen ganz ähnlichen Fällen zeigen, wenn auch von keinem, der so prompt erfolgte. Die ganze Fragerei diente nur dazu, mich von der Richtigkeit meiner Vermutung zu überzeugen.«

»Aber ich habe doch genauso jedes Wort gehört wie du.«

»Jedoch ohne die vorhergegangenen Fälle zu kennen, und das macht den Unterschied aus. – Hallo! Da ist ja Lestrade! Guten Tag! Hier, nehmen Sie sich ein Glas.«

Der Detektiv von Scotland Yard setzte sich mit einem kurzen Gruß und zündete sich die angebotene Zigarre an.

»Was ist denn los?« fragte Holmes und zwinkerte mir zu. »Sie sehen so unzufrieden aus.«

»Genauso ist mir auch zumute. Diese verzwickte Heiratsgeschichte. Ich werde nicht schlau daraus.«

»Ach! Sie überraschen mich.«

»Jede Spur zerrinnt einem zwischen den Fingern. Ich arbeite schon den ganzen Tag an dieser Sache.«

»Und Sie scheinen dabei vom Regen in die Traufe gekommen zu sein«, sagte Holmes und legte dabei seine Hand auf den völlig durchnäßten Ärmel von Lestrades Jackett.
»Ich habe den ganzen Serpentinenteich abgefischt.«
»Wozu das um Himmels willen?«
»Nach der Leiche von Lady St. Simon.«
Sherlock Holmes lehnte sich in seinem Stuhl zurück und lachte schallend.
»Haben Sie den Brunnen auf Trafalgar Square schon durchsucht?«
»Warum? Was meinen Sie damit?«
»Weil an beiden Plätzen die Chancen, die Dame zu finden, gleich groß sind.«
Lestrade schoß Holmes einen bösen Blick zu. »Ihnen ist der Fall natürlich völlig klar«, bellte er.
»Ich habe mir zwar eben erst die Einzelheiten erzählen lassen, aber meine Meinung steht fest.«
»Ach! Wirklich? Dann glauben Sie also, daß der Serpentinenteich keine Rolle darin spielt?«
»Ich halte es für sehr unwahrscheinlich.«
»Dann sind Sie vielleicht so freundlich und erklären mir, wie es kommt, das wir dort das hier gefunden haben?« Damit öffnete er die Tasche, die er bei sich trug, und warf ein Brautkleid, ein Paar weiße Satinschuhe, einen Brautkranz und Schleier, alles verschmutzt und naß, auf den Boden.
»Hier«, sagte er und legte einen Ehering auf den Tisch, »eine kleine Nuß zum Knacken für Sie, Meister Holmes.«
»Sieh mal an«, sagte mein Freund und paffte blaue Ringe in die Luft. »Sie zogen das aus dem Serpentinenteich?«
»Nein, es wurde angetrieben und am Ufer von einem Parkwächter gefunden. Wir haben es als die Brautausstattung der Lady St. Simon identifiziert, und mir schien, daß der Körper nicht weit sein könne, wenn die Kleider da waren.«
»Eine brillante Logik«, spottete Holmes. »Der Körper eines Menschen findet sich also stets in der Nachbarschaft seiner Garderobe. Und was, Mr. Lestrade, hofften Sie damit zu beweisen?«

»Daß Flora Miller mit dem Verschwinden etwas zu tun hat.«
»Ich fürchte, das wird Ihnen schwerfallen.«
»Fürchten Sie das wirklich?« stieß Lestrade erbittert aus. »Ich jedenfalls muß fürchten, lieber Holmes, daß Sie mit Ihrer Logik und Ihren Schlußfolgerungen an der Wirklichkeit blind vorbeigehen. Dieses Kleid belastet Miß Flora Miller schwer!«
»Wieso?«
»Im Kleid ist eine Tasche. In der Tasche ist ein Etui. Im Etui ein Zettel. Und hier ist dieser Zettel!« Er knallte das Etui vor sich auf den Tisch. »Hören Sie sich das mal an. ›Wenn alles vorbei ist, treffen wir uns. Komme sofort. F. H. M.‹.
Und jetzt will ich Ihnen sagen, was geschehen ist. Lady St. Simon wurde von Flora Miller aus dem Haus gelockt. Und die ist auch für ihr Verschwinden verantwortlich. Mit ein paar Komplicen wahrscheinlich. Hier dieser Zettel ist mit ihren Initialen gezeichnet. Er wurde Lady St. Simon an der Tür in die Hand gedrückt. Nur so konnte sie herausgelockt und überwältigt werden.«
»Sehr gut, Lestrade«, sagte Holmes und lächelte. »Wirklich exzellent. Lassen Sie mich doch sehen.« Er nahm den Zettel gleichmütig in die Hand, aber plötzlich erwachte sein Interesse.
»Das ist allerdings wichtig«, sagte er.
»Ach, sieh mal an!«
»Ich gratuliere Ihnen.«
Lestrade stand triumphierend auf und beugte sich über den Zettel. »Nanu«, meinte er dann, »Sie betrachten ja die falsche Seite.«
»Im Gegenteil, das ist die richtige Seite.«
»Die richtige Seite? Sie sind verrückt. Die Botschaft steht auf der anderen Seite.«
»Aber hier ist ein Teil einer Hotelrechnung zu erkennen. Und das ist es, was mich interessiert.«
»Das habe ich auch schon gesehen«, sagte Lestrade. »Damit kommen Sie nicht weiter.«
»Vielleicht nicht. Trotzdem ist es wichtig. Auch die Botschaft ist wichtig oder zumindest die Initialen. Nochmals meinen Glückwunsch.«

Lestrade stand auf. »Ich glaube an solide Arbeit, nicht an schöne Theorien. Wiedersehen, Mr. Holmes. Wir werden ja sehen, wer der Sache zuerst auf den Grund kommt.« Er sammelte die traurigen Reste der nassen Brautausstattung wieder ein, stopfte sie in seine Tasche und ging zur Tür.

»Einen Tip noch, Lestrade«, sagte Holmes bedächtig, ehe der andere verschwand. »Ich will Ihnen die Lösung des Rätsels verraten: Lady St. Simon ist ein Hirngespinst. Es gibt sie nicht. Es hat sie nie gegeben.«

Lestrade betrachtete Holmes etwas mitleidig. Dann wandte er sich zu mir, schüttelte gemessen den Kopf und verließ uns.

Er hatte kaum die Tür hinter sich geschlossen, als Holmes sich auch schon erhob. Er holte seinen Mantel aus dem Schrank. »An dem, was der Bursche über Außenarbeit sagt, ist doch was dran«, meinte er. »Ich glaube, Watson, ich muß dich für eine Weile wieder deinen Zeitungen überlassen.«

Kurz nach fünf Uhr verließ Sherlock Holmes das Haus, aber zum Zeitunglesen kam ich trotzdem kaum; eine halbe Stunde später klingelte es, und der Bote eines Delikatessengeschäftes brachte eine große Schachtel. Er packte aus, deckte auf, und auf unserem schlichten Mietshaustisch war bald ein erlesenes Abendessen angerichtet: kalte Hühnerbrust, gebratener Fasan, Pasteten und eine Reihe alter, spinnwebüberzogener Flaschen.

Kurz vor neun kam Sherlock Holmes zurück. Sein Gesicht war ernst, aber ein Glimmern in seinen Augen verriet mir, daß seine Erwartungen nicht enttäuscht worden waren.

»Das Essen ist also angerichtet«, sagte er und rieb die Hände.

»Du scheinst Gäste zu erwarten. Er hat für fünf gedeckt.«

»Ja, ich könnte mir denken, daß wir ein paar Gäste bekommen«, sagte er. »Ich wundere mich, daß Lord St. Simon noch nicht da ist. – Na, das wird er wohl sein.«

Es war wirklich unser Besucher von heute morgen, der hereingestürmt kam. Auf seinem Gesicht lag ein Ausdruck höchster Verwirrung, und sein Monokel baumelte wild hin und her.

»Meine Nachricht hat Sie also erreicht?« fragte Holmes.
»Ja, und ich muß gestehen, daß die Botschaft mich äußerst erregte. Haben Sie einen Beweis für Ihre Behauptung?«
»Warten Sie ab.«
Lord St. Simon sank in einen Stuhl und strich sich matt über die Stirn.
»Was wird mein Vater, der Herzog, sagen«, murmelte er. »Ausgerechnet sein Sohn muß so bloßgestellt werden!«
»Das ist reiner Zufall. Mit einer Bloßstellung hat das nichts zu tun.«
»Ach, Sie nehmen auch noch Partei für die andere Seite!«
»Ich kann nicht einsehen, daß es irgend jemandes Schuld sein soll. Ich kann mir auch kaum vorstellen, daß die Dame anders hätte handeln können, obwohl ihr überstürzter Entschluß zweifellos zu bedauern ist. Ihre Mutter ist tot, wen hätte sie in einer solchen Krise um Rat fragen sollen?«
»Eine Demütigung, eine Demütigung vor aller Welt«, sagte Lord St. Simon.
»Sie sollten für dieses arme Mädchen Verständnis haben.«
»Ich habe kein Verständnis. Ich bin schändlich hinters Licht geführt worden.«
»Ich glaube, es hat geklingelt«, sagte Holmes. »Ja, ich hörte Schritte. Wenn ich Sie nicht dazu überreden kann, Verständnis zu zeigen, hat vielleicht dieser Fürsprecher mehr Erfolg.« Er öffnete die Tür und ließ eine Dame und einen Herrn eintreten.
»Lord St. Simon«, sagte er, »darf ich Ihnen Mrs. und Mr. Francis Hay Moulton vorstellen. Die Dame kennen Sie wohl schon.«
Der Lord war aufgesprungen. Er stand da wie aus Stein gemeißelt, mit gesenkten Augen, ein Bild verletzter Würde. Die Dame war einen Schritt vorgetreten und hielt ihm ihre Hand hin, er aber hob nicht einmal die Augen.
»Du bist wütend, Robert«, sagte sie. »Ich weiß, du hast allen Grund dazu.«
»Bitte keine Entschuldigungen«, sagte Lord St. Simon bitter.
»O ja, ich weiß, daß ich dich schlecht behandelt habe. Ich hätte

mit dir sprechen sollen, ehe ich weglief, aber versteh doch, ich war so durcheinander. Von dem Augenblick an, als ich Frank in der Kirche wiedersah, wußte ich einfach nicht mehr, was ich tat oder sagte. Ich wunderte mich nur, daß ich nicht auf der Stelle umfiel und vor dem Altar das Bewußtsein verlor.«

»Vielleicht wäre es Ihnen lieber, Mrs. Moulton, wenn mein Freund und ich hinausgingen, während Sie die Sache erklären?«

»Wenn ich etwas dazu sagen darf«, sagte der fremde Herr. »In dieser Angelegenheit hat es schon zuviel Heimlichtuerei gegeben.« Er war ein kleiner drahtiger, sonnenverbrannter Mann mit einem scharfgeschnittenen Gesicht und energischen Bewegungen.

»Gut, ich werde alles erzählen«, sagte die Dame. »Frank und ich begegneten uns in McQuires Camp. Das war in den Rocky Mountains, wo Vater Gold schürfte. Wir verlobten uns. Aber dann stieß Vater eines Tages auf eine ergiebige Ader und wurde reich, während Frank Pech hatte und nichts fand. Schließlich wollte Pa nichts mehr von unserer Verlobung wissen. Er brachte mich nach San Franzisko, Frank aber folgte mir. Wir trafen uns, ohne daß Pa davon wußte. Er wäre nur wütend geworden, wenn er es gewußt hätte, also behielten wir es für uns.

Frank sagte, er würde nicht aufgeben und weiterschürfen, so lange, bis auch er zu Geld käme. Er schwor, nicht eher zurückzukommen und um meine Hand anzuhalten, als bis er so reich wie Pa sei. Ich versprach, auf ihn zu warten. Ich schwor ihm, keinen anderen zu heiraten, solange er lebe.

›Warum sollten wir dann eigentlich nicht sofort heiraten‹, sagte er, ›wenn du es ernst meinst. Ich werde mich nicht als deinen Mann ausgeben, bis ich zurückkomme.‹ Er hatte alles vorbereitet. Selbst für einen Priester hatte er gesorgt; so heirateten wir kurz entschlossen. Dann zog Frank los, und ich ging zurück zu Pa.

Ich hörte von Frank aus Montana. Von dort zog er weiter nach Arizona, und schließlich bekam ich wieder aus Neu-Mexiko Nachricht von ihm. Danach las ich, wie ein Goldgräberlager von den Apachen angegriffen worden sei. Unter der Liste der Getöteten war auch Franks Name.

Ich war monatelang krank. Pa schleppte mich von einem Arzt zum andern. Ich hörte über ein Jahr lang nichts mehr von Frank, und ich zweifelte keine Sekunde daran, daß er nicht mehr lebte. Dann kam Lord St. Simon nach San Franzisko. Wir reisten nach London, und diese Ehe wurde geplant. Pa war überglücklich. Aber ich, ich wußte die ganze Zeit, daß kein Mann auf dieser Erde mehr den Platz Franks in meinem Herzen einnehmen konnte. Als ich mit Lord St. Simon zum Altar schritt, tat ich das in der festen Absicht, ihm eine so gute Frau zu werden, wie es mir möglich war. Aber vielleicht können Sie sich vorstellen, wie mir zumute war, als ich vor den Stufen des Altars einmal zurückblickte und Franks Blick aus der ersten Bank auf mich gerichtet sah. Zuerst dachte ich, es sei eine Täuschung; aber als ich mich nochmals umwandte, war er immer noch da, und in seinen Augen las ich die Frage, ob ich froh war oder entsetzt, ihn hier zu sehen. Mir drehte sich alles vor den Augen. Die Worte des Priesters klangen mir wie ein Schwarm Bienen im Ohr. Ich wußte nicht, was ich tun sollte. Den Gottesdienst unterbrechen und hier in der Kirche eine Szene machen? Wieder blickte ich ihn an. Er schien meine Gedanken zu lesen, denn er hob den Finger an die Lippen zum Zeichen, daß ich schweigen solle. Dann sah ich ihn heimlich etwas auf ein Stück Papier schreiben.

Als ich beim Hinausgehen an seiner Bank vorbeikam, ließ ich mein Bukett fallen. Er spielte mir den Zettel in die Hand, als er mir die Blumen zurückgab. Es war nur eine Zeile. Er bat mich zu kommen, wenn er das Zeichen gäbe. Es kamen mir nicht eine Sekunde lang Zweifel, ich fühlte, daß es so richtig war und ich tun würde, was er mir sagte.

Als ich zurückkam, weihte ich meine Zofe ein. Ich befahl ihr, kein Wort zu sagen, ein paar Sachen zusammenzupacken und meinen Mantel zurechtzulegen. Ich weiß, ich hätte schon da mit Lord St. Simon reden sollen, aber ich konnte nicht. Ich entschloß mich, ihm hinterher alles zu erklären.

Ich saß noch keine zehn Minuten am Frühstückstisch, als ich Frank auf der gegenüberliegenden Straßenseite entdeckte. Er nickte mir zu und ging dann weiter in Richtung auf den Park zu. Ich schlüpfte hinaus, zog mich an und folgte ihm. Unterwegs redete eine Frau wegen Lord St. Simon auf mich ein – dem wenigen nach, was ich verstand, schien es mir, daß auch er ein kleines Geheimnis hatte –, aber schließlich wurde ich sie los und holte Frank ein. Wir nahmen einen Wagen und fuhren zum Gordon Square. Er hatte dort eine Wohnung, und das war meine wahre Hochzeit nach all den Jahren des Wartens. Frank war von den Apachen gefangengenommen worden. Er konnte entfliehen, schlug sich bis nach San Franzisko durch und erfuhr dort, daß ich ihn für tot hielt und nach England gegangen war. Er folgte mir hierher und fand mich endlich am Morgen meiner zweiten Heirat.«

»Ich las es in der Zeitung«, erklärte der Amerikaner. »Ich fand den Namen und die Kirche, aber keine Adresse.«

»Dann überlegten wir, was wir tun sollten. Frank war für Offenheit. Ich wäre am liebsten still und heimlich verschwunden, ohne jemanden wiederzusehen. Nur Pa hätte ich vielleicht ein Lebenszeichen geschickt. Der Gedanke an all die Lords und Ladys, wie sie um den Frühstückstisch saßen und auf mich warteten, war mir schrecklich. Deshalb packte Frank meine Brautsachen zusammen und ließ sie verschwinden. Wahrscheinlich wären wir morgen nach Paris abgereist.

Aber da kam vor ein paar Stunden dieser liebenswürdige Mr. Holmes zu uns, obwohl ich mir nicht vorstellen kann, wie er uns gefunden hat. Er machte uns in aller Freundlichkeit klar, daß Frank recht hatte und daß wir uns ins Unrecht setzen würden, wenn wir weiterhin schwiegen. Er erbot sich, uns die Chance zu geben, allein mit Lord St. Simon zu sprechen, und so machten wir uns sofort auf den Weg hierher. – Jetzt hast du alles gehört, Robert. – Es tut mir von Herzen leid, wenn ich dich gekränkt habe, ich kann nur hoffen, daß du nicht allzu schlecht von mir denkst.«

An Lord St. Simons frostiger Haltung war alles unverändert. Er hatte dem Bericht mit gerunzelten Brauen und zusammengekniffenen Lippen gelauscht.

»Entschuldigen Sie mich«, sagte er, »aber ich bin es nicht gewohnt, meine intimsten Angelegenheiten in aller Öffentlichkeit zu diskutieren.«
»Du willst mir nicht verzeihen? Du wirst mir nicht die Hand geben, ehe ich gehe?«
»Oh, sicher, wenn es dich erleichtert.« Er streckte kühl seine Hand aus.
»Ich hatte gehofft«, schlug Holmes freundschaftlich vor, »daß Sie uns die Freude machen, eine Kleinigkeit mit uns zu essen.«
»Ich glaube, Sie verlangen ein wenig zuviel«, erwiderte Seine Lordschaft. »Wenn ich auch gezwungen bin, die jüngste Entwicklung der Dinge hinzunehmen, so kann man doch wohl kaum von mir erwarten, ein Fest daraus zu machen. Mit Ihrer Erlaubnis möchte ich jetzt Ihnen allen eine gute Nacht wünschen.« Er verbeugte sich und ging.
»Dann wäre es mir eine Ehre, wenn Sie mir Gesellschaft leisten würden«, sagte Holmes, und wir setzten uns nieder.

»Der Fall war interessant«, sagte Holmes, als unsere Besucher gegangen waren. »Nichts war unerklärlicher, und doch war auch nichts natürlicher als der Ablauf der Ereignisse, wie diese Dame sie uns berichtete.« Er lächelte. »Und nichts konnte seltsamer sein, wenn man es zum Beispiel vom Standpunkt Lestrades von Scotland Yard betrachtete.«
»Du hattest dich also nicht geirrt?«
»Von allem Anfang an waren mir zwei Punkte völlig klar: Einmal, daß die Dame durchaus willens war, sich trauen zu lassen, zum andern, daß sich ihr Entschluß innerhalb weniger Minuten geändert haben mußte. Offensichtlich war also etwas geschehen, was für diesen Gesinnungswandel verantwortlich sein mußte. Was konnte das gewesen sein? Hatte sie vielleicht jemanden gesehen? Wenn ja, mußte es jemand aus Amerika sein; sie war erst so kurz in diesem Land, daß in dieser Zeit wohl kaum ein Mensch zu so großem Einfluß über sie kommen und sein bloßer Anblick sie dazu bewegen konnte, ihre Pläne völlig umzuwerfen.

Wer aber konnte dann dieser Amerikaner sein? Vielleicht ein Liebhaber; vielleicht ein Ehemann. Ich wußte, daß sie ihre Jugend unter rauhen und uns fremden Lebensbedingungen verbracht hatte. So viel war mir schon klar, ehe ich Lord St. Simons Bericht gehört hatte. Und als er uns dann von einem Mann in einer Kirchenbank erzählte, von dem jähen Stimmungswechsel der Braut, von ihrem Gespräch mit der Zofe – da wurde die Situation vollends klar. Sie war mit einem Mann durchgebrannt, und der Mann war entweder ein Liebhaber oder aber ein früherer Ehemann.«

»Aber wie hast du sie bloß gefunden?«

»Das war die Schwierigkeit, aber unser Freund Lestrade hatte einen Hinweis in den Händen, dessen Wert er allerdings nicht ahnte. Die Initialen waren natürlich sehr wichtig, aber wichtiger war, daß dieser Mann die Wochenrechnung eines der vornehmsten Hotels Londons beglichen hatte.«

»Wie kamst du auf vornehm?«

»Durch die vornehmen Preise. Es gibt nicht viele Hotels in London mit solchen Preisen. Im zweiten Hotel, das ich aufsuchte, fand ich bei einer Durchsicht des Gästebuchs, daß Francis H. Moulton, ein Amerikaner, am Tage zuvor ausgezogen war. Als ich in das Rechnungsbuch Einsicht nahm, stieß ich auf die gleichen Ziffern, die ich auf der von ihm beglichenen Rechnung gesehen hatte. Seine Post war nach Gordon Square 226 nachzusenden. Das war schon die Lösung des Rätsels. Ich traf das Paar zu Hause an. Ich machte ihnen klar, daß es auf jeden Fall besser für sie wäre, wenn sie ihre Karten aufdeckten. Ich bot ihnen an, sich hier mit Lord St. Simon zu treffen, und ihn konnte ich auch wirklich hierherlotsen.«

»Aber nicht mit übermäßigem Erfolg«, sagte ich. »Er war ja nicht gerade gnädig.«

»Ach, Watson«, sagte Holmes lächelnd, »vielleicht wärest du auch nicht mehr sehr gnädig, wenn du dich nach all den Mühen des Hofmachens und Heiratens im Handumdrehen der Frau und des Vermögens beraubt sähest. Ich glaube, wir sollten Lord St. Simon nicht zu hart verurteilen und unseren Sternen danken, daß die Wahrscheinlichkeit nicht sehr groß ist, daß wir uns eines Tages in dieser Lage befinden. Gib mir meine Geige, Watson! Im Augenblick sehe ich nur ein Problem: diese düsteren Herbstabende mit Anstand hinter uns zu bringen.«

Das gefleckte Band

Es war noch früh, sehr früh am Morgen, als Sherlock Holmes, der notorische Langschläfer, mich aus dem Schlaf riß.

»Tut mir leid, daß ich dich stören muß, Watson«, sagte er, »aber du bist heute morgen nicht der einzige: Erst mußte Mrs. Hudson aus den Federn, sie weckte mich, und ich nun dich.«

»Was ist denn los? Brennt es?«

»Nein, ein Klient, eine verstörte junge Dame, die darauf besteht, mich zu sehen. Sie wartet im Wohnzimmer. Ich dachte, ich darf sie dir nicht vorenthalten. Vielleicht interessiert dich der Fall.«

»Aber selbstverständlich. Ich komme sofort.«

Ich zog mich hastig an und ging mit meinem Freund ins Wohnzimmer hinunter. Eine tiefverschleierte Dame in Schwarz erhob sich, als wir eintraten.

»Guten Morgen, Madam«, sagte Holmes. »Mein Name ist Sherlock Holmes. Das hier ist mein Freund und Kollege Dr. Watson, dem Sie genauso vertrauen dürfen wie mir. Großartig, Mrs. Hudson hat bereits Feuer gemacht. Sctzen Sie sich doch näher zum Kamin, Madam! Ich werde sofort heißen Kaffee bestellen, Sie zittern ja.«

»Es ist nicht die Kälte«, sagte die Frau leise und zog ihren Stuhl näher ans Feuer.

»Sondern?«

»Angst, Mr. Holmes. Nackte, kalte Angst.« Sie hob ihren Schleier, und wir sahen in ein verhärmtes, graues Gesicht, aus dem uns zwei angstvolle Augen unruhig anblickten. Die Frau konnte kaum älter als dreißig sein, aber ihr Haar war bereits ergraut.

Sherlock Holmes beugte sich vor und strich ihr behutsam über die Hand.

»Wir werden Ihnen helfen«, sagte er beruhigend. »Sie sind heute früh mit dem Zug nach London gekommen, wie ich sehe.«

»Sie kennen mich?«

»Nein, aber in Ihrem linken Handschuh steckt eine Rückfahrkarte.«

»Ja, ich bin mit dem Frühzug in Waterloo-Station angekommen, Sir. Ich kann diese Angst nicht länger ertragen. Ich werde verrückt, wenn es so weitergeht. Ich habe niemanden, an den ich mich wenden könnte – niemanden außer einem einzigen Menschen, der mich liebt, und er kann mir nicht helfen. – Eine Bekannte hat mir von Ihnen erzählt, Mr. Holmes. Wenn Sie mir doch wieder ein wenig Hoffnung geben wollten! Augenblicklich bin ich nicht in der Lage, Sie für Ihre Hilfe zu entschädigen, aber in ein paar Monaten werde ich heiraten und über mein eigenes Vermögen verfügen.«
»Mein Beruf ist mir ein Vergnügen, Madam, aber ich stelle es Ihnen frei, mir die Unkosten zu vergüten. Das hat natürlich Zeit. Und jetzt, bitte, erzählen Sie uns Ihren Kummer.«
Die verkrampften Finger der Frau lösten sich. »Das schlimmste ist, daß meine Ängste nur sehr unbestimmt sind. Ich kann meine Unruhe nur mit Kleinigkeiten begründen, die jedem Außenstehenden bedeutungslos erscheinen müssen. Selbst dieser einzige Mensch, an den ich mich um Hilfe und Rat wenden könnte, hält die Dinge, die ich ihm erzähle, für die Phantastereien einer überreizten Frau. Er spricht es nicht aus, aber ich kann es in seinen beruhigenden Worten erkennen. Von Ihnen, Mr. Holmes, habe ich gehört, daß Sie wie kein zweiter die Abgründe in einem Menschen zu erkennen vermögen. Vielleicht wissen Sie einen Rat, wie ich mit dem Grauen fertig werden kann, das mich langsam zu ersticken droht.«
»Erzählen Sie, Madam.«
»Mein Name ist Helen Stoner. Ich lebe bei meinem Stiefvater, dem Letzten der Roylotts aus Stoke Moran in Westsurrey; sie zählen zu den ältesten Familien Englands.«
Holmes nickte. »Der Name ist mir natürlich bekannt«, sagte er.
»Die Familie war einmal unermeßlich reich, aber im letzten Jahrhundert zerrann der Besitz unter den Händen von vier Verschwendern; schließlich hat ein Spieler den Ruin der Familie besiegelt. Außer ein paar Feldern und dem zweihundert Jahre alten Haus, auf dem eine große Hypothek liegt, ist nichts übriggeblieben. Der

letzte Roylott hat dort das erbärmliche Leben eines verarmten Adligen geführt. Sein einziger Sohn, mein Stiefvater, ergab sich nicht in dies Schicksal; ein Verwandter finanzierte sein Medizinstudium. Er legte sein Examen ab und ging nach Kalkutta. Er war tüchtig und ehrgeizig und hatte bald eine große Praxis. Aber in einem Wutanfall über mehrere Diebstähle, die in seinem Haus geschahen, erschlug er einen eingeborenen Diener; er wäre dafür beinahe gehängt worden. Jahrelang saß er im Gefängnis, dann kehrte er als düsterer und vom Leben enttäuschter Mann nach England zurück.

Als Dr. Roylott noch in Indien war, heiratete er meine Mutter, die junge Witwe eines Offiziers der ›Bengal Artillery‹. Meine Schwester Julia und ich waren erst zwei Jahre alt – wir sind Zwillinge –, als meine Mutter sich wieder verheiratete. Sie hatte ein beträchtliches Vermögen, und das überschrieb sie ganz Dr. Roylott. Außerdem verfügte sie, daß wir Mädchen im Falle einer Heirat eine bestimmte jährliche Summe erhalten sollten. Kurz nach unserer Rückkehr nach England starb unsere Mutter – sie verunglückte tödlich bei einem Eisenbahnunfall.

Dr. Roylott gab seinen Plan auf, in London eine Praxis zu gründen; er nahm uns mit sich in sein väterliches Haus nach Stoke Moran. Unsere Mutter hatte uns genügend Geld hinterlassen. Einem glücklichen Leben hätte nichts im Wege gestanden.

Aber ungefähr um diese Zeit vollzog sich ein schrecklicher Wandel in unserem Stiefvater. Anstatt den Verkehr mit unseren Nachbarn zu pflegen, die anfangs überglücklich waren, daß wieder ein Roylott auf Stoke Moran lebte, zog er sich völlig zurück. Wenn er einmal ausging, brach er mit jedem, der ihm über den Weg lief, einen Streit vom Zaun. Das zügellose Temperament lag in der Familie, und bei meinem Stiefvater hatte der lange Aufenthalt in den Tropen diese Veranlagung noch verstärkt. Es gab immer mehr peinliche Streitereien, zweimal endeten sie sogar vor der Polizei. Schließlich war er zum Schrecken des Dorfes geworden. Wenn er auftauchte, leerten sich die Straßen.

Letzte Woche erst stieß er im Streit den Dorfschmied in den Fluß.

Ich konnte ein gerichtliches Nachspiel nur dadurch verhindern, daß ich alles Geld, das wir im Hause hatten, zusammenkratzte, um den Schmied zu besänftigen.
So lebt er; seine einzigen Freunde sind ein paar Zigeuner, die er auf seinem Grund nach Belieben ihre Zelte aufschlagen läßt. Er verbringt viele Stunden an ihren Lagerfeuern. Er ist auch schon wochenlang mit ihnen durchs Land gezogen. Indische Tiere sind seine andere Leidenschaft; im Augenblick hält er einen abgerichteten Leoparden und einen Pavian. Er läßt sie frei auf seinen Feldern umherstreifen, und die Tiere werden von den Dorfbewohnern beinahe genauso gefürchtet wie ihr Herr.
Können Sie sich nun vorstellen, daß meiner Schwester Julia und mir dieses Leben immer schwerer wurde? Dienstboten liefen uns schon nach den ersten Wochen davon, und lange Zeit mußten wir alle Hausarbeit allein besorgen. Julia war erst dreißig, als sie starb, aber ihr Haar war schon grau, so wie meines.«
»Ihre Schwester lebt nicht mehr?«
»Sie starb vor zwei Jahren. Ich möchte mit Ihnen über ihren Tod sprechen. Ich habe Ihnen unser Leben beschrieben, und Sie werden sich vorstellen können, daß wir kaum Gelegenheit hatten, Menschen unseres Alters kennenzulernen. Wir hatten eine Tante, eine Schwester unserer Mutter, Miß Honoria Westphail, die bei Harrow lebt. Gelegentlich durften wir sie besuchen. Vor zwei Jahren war Julia über Weihnachten bei ihr und lernte dort einen Marineoffizier kennen. Sie verlobte sich mit ihm. Als mein Stiefvater von der Verlobung hörte, hatte er nichts dagegen einzuwenden. Zwei Wochen vor dem Tag, an dem die beiden heiraten wollten, geschah das Schreckliche.«
Sherlock Holmes hatte bisher mit geschlossenen Augen zugehört. Jetzt hob er die Lider etwas und sah die junge Frau an. »Bitte, berichten Sie. Vergessen Sie nichts«, sagte er.
»Diesen Tag werde ich niemals vergessen. Wie ich Ihnen schon erklärte, ist das Haus sehr alt. Wir bewohnen nur einen Flügel. Die Schlafzimmer dieses Flügels liegen im Parterre. Zuerst kommt Dr. Roylotts Schlafzimmer, dann das meiner Schwester, das dritte

ist meines. Es gibt keine Verbindung zwischen den einzelnen Räumen, die Türen gehen aber alle auf denselben Korridor und die Fenster der Schlafzimmer auf den Rasen. Drücke ich mich klar aus?«
»Ja, völlig.«
»In dieser schrecklichen Nacht war Dr. Roylott schon sehr früh auf sein Zimmer gegangen. Wir wußten aber, daß er noch nicht schlief, denn meine Schwester störte der Rauch seiner starken indischen Zigarre. Sie verließ deshalb ihr Zimmer und kam zu mir. Wir unterhielten uns über die Hochzeit. Um elf Uhr stand sie auf und wollte gehen. An der Tür blieb sie noch einmal stehen und sah mich an.
›Sag mal, Helen‹, fragte sie, ›hast du nie mitten in der Nacht jemanden pfeifen hören?‹
›Pfeifen?‹ fragte ich. ›Nein. Warum denn?‹
›Weil ich es in den letzten Nächten leise, aber ganz deutlich hörte, immer gegen drei Uhr morgens. Ich schlafe nicht sehr tief und bin jedesmal davon aufgewacht. Ich kann nicht sagen, woher es kam – vielleicht aus dem Nebenzimmer, vielleicht von draußen. Du hast also nichts gehört?‹
›Nein. Das müssen diese verwünschten Zigeuner sein.‹
›Wahrscheinlich. Aber wenn es von draußen kam, dann wundere ich mich, daß du es nicht auch gehört hast.‹
›Ja, aber ich schlafe doch meist viel tiefer als du.‹
›Nun, es wird nicht so wichtig sein.‹ Sie lächelte mir zu und zog die Tür hinter sich ins Schloß. Wenige Sekunden später hörte ich, wie der Schlüssel sich drehte.«
»Ließen Sie Ihre Türen nachts nie unverschlossen?« fragte Holmes.
»Nie.«
»Und warum nicht?«
»Ich erzählte Ihnen doch von dem Leoparden und dem Pavian. Wir fühlten uns nicht sicher, wenn man die Türen aufdrücken konnte.«
»Verständlich. Bitte weiter.«

»Ich fand keinen Schlaf in jener Nacht. Das unbestimmte Vorgefühl eines drohenden Unheils ließ mich nicht zur Ruhe kommen. Es war eine wilde Nacht. Der Sturm heulte ums Haus, und der Regen peitschte gegen die Fenster. Plötzlich gellte durch das Geheul des Sturmes der Schrei einer Frau. Ich erkannte die Stimme meiner Schwester. Ich sprang aus dem Bett und stürzte auf den Korridor.

Als ich meine Tür öffnete, glaubte ich ein leises Pfeifen zu hören, dann ein polterndes Geräusch, so als ob ein Stück Metall zu Boden gefallen wäre. Ich rannte zur Tür meiner Schwester. Sie war nicht verschlossen, sondern schwang im Wind hin und her. Im Licht der Flurlampe sah ich, wie meine Schwester auf die Schwelle zuwankte. Ihr Gesicht war aschfahl vor Grauen. Sie hielt die Hände hilfesuchend vorgestreckt. Sie taumelte weiter geradeaus. Ich nahm sie in meine Arme, aber in diesem Augenblick sank sie zu Boden. Ihr Körper zuckte, als ob er von entsetzlichen Schmerzen geschüttelt würde.

Zuerst glaubte ich, sie habe mich nicht erkannt, aber als ich mich über sie beugte, wimmerte sie mit verzerrter Stimme, einer Stimme, die ich nie vergessen werde: ›O mein Gott, Helen! Das Band! Das gefleckte Band!‹

Sie deutete auf das Zimmer des Doktors, aber da wurde sie wieder von einem Krampf geschüttelt, ihre Stimme war nur noch ein Röcheln. Ich stürzte hinaus. Ich schrie nach meinem Stiefvater, und dann sah ich ihn, nur mit einem Morgenrock bekleidet, aus seinem Zimmer kommen. Als wir zu meiner Schwester traten, war sie bewußtlos, und obwohl er ihr Brandy einflößte und sofort nach einem Arzt schickte, war sie nicht mehr zu retten. Sie starb, ohne das Bewußtsein wiedererlangt zu haben.«

»Einen Augenblick«, sagte Holmes; »sind Sie ganz sicher, das Pfeifen und das folgende Geräusch gehört zu haben? Können Sie das beschwören?«

»Das fragte mich auch der Vorsitzende bei der Gerichtsverhandlung. Ich glaubte sicher, daß ich es hörte, aber bei der Stärke des Sturmes könnte ich mich auch getäuscht haben.«

»War Ihre Schwester angezogen?«
»Nein, im Nachthemd. In der rechten Hand fand man ein angebranntes Streichholz und in ihrer linken eine Streichholzschachtel.«
»Das ist wichtig. Und zu welchem Schluß kam der Vorsitzende?«
»Er untersuchte den Fall sehr sorgfältig, Dr. Roylott war ja schon seit langem berüchtigt in der ganzen Gegend. Aber das Gericht konnte die Todesursache nicht aufklären. Ich gab zu Protokoll, daß die Tür von innen verschlossen gewesen war und sich vor den Fenstern schwere alte Läden, die noch dazu mit dicken Eisenstangen versehen sind, befinden. Die Wände ihres Zimmers wurden abgeklopft, alles ohne Erfolg. Es ist deshalb mit Sicherheit anzunehmen, daß meine Schwester allein im Zimmer war. Auch wies ihr Körper keine Spuren irgendwelcher Gewaltanwendung auf.«
»Gift vielleicht?«
»Auch daraufhin wurde sie untersucht. Nichts.«
»Was glauben Sie, woran Ihre Schwester starb?«
»Ich bin überzeugt davon, daß sie an der Angst starb, an einem Schock, obwohl ich mir nicht vorstellen kann, was sie so sehr entsetzte.«
»Waren zu dieser Zeit Zigeuner in der Umgebung?«
»Ja, es waren beinahe immer welche da.«
»Und was sagte Ihnen diese letzte Bemerkung von einem Band – einem gefleckten Band?«
»Manchmal dachte ich, daß sie das einfach im Delirium gesagt hat. Dann überlegte ich mir, ob sie vielleicht auf eine Bande von Menschen anspielen wollte, vielleicht gerade auf die Zigeuner. Vielleicht könnten die gepunkteten Kopftücher, die viele von ihnen tragen, damit gemeint gewesen sein.«
Holmes schüttelte den Kopf. Der Gedanke schien ihn nicht zu befriedigen. »Fahren Sie bitte fort«, sagte er dann.
»Zwei Jahre sind seither vergangen. Mein Leben wurde einsamer denn je. – Vor einem Monat nun hat mich ein Mann, den ich seit vielen Jahren kenne und schätze, gebeten, seine Frau zu

werden. Mein Stiefvater hat nichts gegen diese Verbindung einzuwenden. Wir wollen noch im Frühjahr heiraten.
Vor zwei Tagen nun wurde im Westflügel des Hauses, den wir bewohnen, mit ein paar Reparaturen begonnen. Dabei mußte eine Wand meines Schlafzimmers durchgebrochen werden. Ich zog solange in das Zimmer, in dem meine Schwester starb. Ich schlafe nun im selben Bett, in dem auch sie geschlafen hat. Vielleicht können Sie sich mein Entsetzen vorstellen, als ich in der vergangenen Nacht plötzlich ein Pfeifen hörte. Ich zündete die Lampe an, aber es war nichts zu sehen. Ich war viel zu erregt, um wieder ins Bett zu gehen. Ich zog mich an, und als es hell wurde, stahl ich mich aus dem Haus. Ich nahm mir im Gasthaus einen Wagen und fuhr zur Bahnstation nach Leatherhead. Ich erreichte noch den Frühzug — alles Weitere wissen Sie.«
»Das war sehr klug von Ihnen«, sagte Holmes. »Haben Sie mir alles erzählt?«
»Ja, alles.«
»Miß Stoner, das stimmt nicht. Sie decken Ihren Stiefvater.«
»Warum? Was meinen Sie damit?«
Statt einer Antwort schob Holmes die Spitzenrüsche zurück, die über die Hand der Frau fiel. Fünf leuchtend rote Flecke, die Spuren von vier Fingern und einem Daumen, waren deutlich auf dem weißen Handgelenk zu sehen.
Die junge Frau errötete und verbarg das verletzte Gelenk.
»Er ist ein harter Mann«, sagte sie, »vielleicht weiß er gar nicht, wie stark er ist.«
Ein paar Minuten lang war Schweigen im Raum. Holmes starrte ins Feuer.
»Da gibt es noch tausend Dinge, die ich wissen müßte«, sagte er, »ehe ich mir meinen Plan zurechtlege. Aber wir haben keine Zeit mehr zu verlieren. Wenn wir nun heute nach Stoke Moran hinausführen: Wäre es dann möglich, die Räume im Westflügel zu besichtigen, ohne daß Ihr Stiefvater davon erfährt?«
»Heute ja. Dr. Roylott ist in der Stadt. Er sagte, er habe wichtige geschäftliche Dinge zu erledigen. Wahrscheinlich bleibt er den

ganzen Tag über weg. Wir haben jetzt zwar eine Haushälterin, aber sie ist alt und nicht gerade ein Geisteslicht; ich könnte sie leicht aus dem Weg halten.«

»Sehr gut. Du hast doch nichts gegen diese Fahrt, Watson?«

»Im Gegenteil.«

»Dann kommen wir beide. Und was haben Sie vor?«

»Ich würde gern noch ein paar Dinge erledigen, da ich schon in der Stadt bin. Aber ich fahre mit dem Zwölfuhrzug zurück und werde Sie dann erwarten.«

»Wir werden am frühen Nachmittag bei Ihnen sein.«

»Ich bin sehr froh, daß Sie kommen wollen.« Sie zog den dichten schwarzen Schleier über ihr Gesicht und verabschiedete sich.

»Was hältst du davon?« Sherlock Holmes lehnte sich zurück.

»Ich sehe nicht klar«, sagte ich.

»Ich auch nicht. Aus diesem Grunde gehen wir auch heute noch nach Stoke Moran. Ich will mich selber einmal dort umsehen. Aber was, in drei Teufels Namen ...«

Plötzlich wurde die Tür aufgerissen. Ein Riese von einem Mann stand auf der Schwelle, so groß, daß sein Kopf am oberen Türbalken anstieß. Sein grobflächiges Gesicht, über das sich tausend Fältchen zogen, war von der Sonne gelb ausgedörrt worden. Seine tiefliegenden Augen und die scharfgeschnittene Nase gaben ihm das Aussehen eines ungezähmten alten Raubvogels.

»Wer von Ihnen ist Holmes?« fragte er scharf.

»Das ist mein Name, Sir, aber ich wüßte nicht ...«

»Ich bin Dr. Grimesby Roylott von Stoke Moran.«

»Freut mich«, sagte Holmes kühl. »Nehmen Sie bitte Platz.«

»Ich denke nicht daran. Meine Stieftochter war hier. Was hat sie Ihnen erzählt?«

»Etwas kalt für die Jahreszeit heute«, sagte Holmes, »finden Sie nicht?«

»Was hat sie Ihnen erzählt?« schrie der alte Mann unbeherrscht.

»Aber wie ich hörte, sollen die Krokusse bald blühen«, fuhr Holmes unerschüttert fort.

Unser Besucher kam einen Schritt näher und hob seine Reitpeitsche. »Ich weiß Bescheid. Sie sind Holmes, der seine Nase in jeden Dreck steckt!«
Mein Freund lächelte.
»Holmes, der Gernegroß!«
Die Lachfältchen in Holmes' Gesicht vertieften sich.
»Holmes, der Scotland-Yard-Kasper!«
Holmes lachte laut heraus. »Sie sind ein amüsanter Unterhalter«, sagte er. »Wenn Sie gehen, machen Sie doch bitte die Tür zu; es zieht.«
»Ich gehe, wenn es mir paßt. Und unterstehen Sie sich, sich in meine Angelegenheiten zu mischen. Ich weiß, daß Miß Stoner hier war – ich bin ihr nachgegangen. Es ist gefährlich, mich hinters Licht führen zu wollen!«
Mit einem Schritt war er am Kamin. Er ergriff den Feuerhaken, und seine sehnigen braunen Hände bogen ihn krumm.
»Hüten Sie sich. Wenn ich Sie in meine Finger bekommen sollte ...« Er warf den verbogenen Feuerhaken in den Kamin und schlug dann die Tür heftig hinter sich zu.
»Ein liebenswerter Mensch«, sagte Holmes immer noch lächelnd. »Wenn er geblieben wäre, hätte ich ihm zeigen können, daß meine Hände nicht viel schwächer sind als die seinen.« Er hob den eisernen Feuerhaken auf, hielt ihn ein paar Sekunden in den Händen und bog ihn dann in einer plötzlichen Bewegung wieder gerade. »Eine Frechheit, mich mit der Polizei zu vergleichen! Das soll mir ein Ansporn sein. Ich will nur hoffen, daß Miß Stoner ihre Unvorsichtigkeit nicht büßen muß. Aber jetzt wollen wir erst einmal essen. Dann muß ich zur Ärztekammer; vielleicht kann man uns dort mit ein paar Hinweisen helfen.«
Kurz vor ein Uhr kam Holmes zurück. Er zog ein großes Blatt Papier aus der Tasche.
»Ich habe mir das Testament der verstorbenen Mrs. Roylott angesehen«, sagte er. »Das Geld ist in Wertpapieren angelegt. Das Jahreseinkommen betrug im Jahr ihres Todes wenig unter 1100 Pfund, jetzt liegt es etwa bei 750 Pfund. Im Falle einer Heirat

haben beide Töchter Anspruch auf 250 Pfund jährlich. Wenn beide Töchter geheiratet hätten, wäre diesem Edelmann nur ein äußerst kärgliches Einkommen geblieben; schon die Heirat einer Tochter hätte ihn beim augenblicklichen Stand der Dinge ruiniert. Ein starkes Motiv, um eine Heirat zu verhindern. Ich fürchte, wir haben nicht mehr viel Zeit zu verlieren. Am besten, du nimmst deine Waffe mit, Watson. Bei einem Herrn, der eiserne Feuerhaken wie Plastilin behandelt, ist eine Pistole noch das beste Argument.«

Wir hatten Glück. An der Waterloo-Station lief eben ein Zug nach Leatherhead ein. Dort mieteten wir uns einen Wagen und fuhren sofort weiter nach Stoke Moran. Holmes hatte sich den Hut tief in die Stirn gezogen und die Arme verschränkt. Plötzlich fuhr er hoch, stieß mich an und deutete über die Wiesen.
»Stoke Moran?« fragte er den Kutscher.
»Ja, Sir, das ist das Haus von Dr. Grimesby Roylott.«
Der Kutscher wies auf das Ziegeldach, das jetzt hinter den hohen Baumwipfeln eines sehr weitläufigen Parks auftauchte.
»Da wird gebaut«, sagte Holmes; »wir sind also richtig.«
»Dort liegt das Dorf.« Der Kutscher deutete auf ein paar Dächer, die man in der Ferne sehen konnte. »Aber wenn Sie zum Gutshaus wollen, der kürzeste Weg ist der an den Feldern entlang. Da vorn, der Fußweg, wo Sie die Dame sehen.«
»Das wird Miß Stoner sein«, sagte Holmes.
Wir stiegen aus und bezahlten den Kutscher. Der Wagen wendete auf der Straße und fuhr zurück nach Leatherhead.
»Der Bursche soll ruhig glauben«, sagte Holmes, »daß wir Architekten sind oder mit den Bauarbeitern zu tun haben. Dann wird nicht weiter geredet. – Guten Tag, Miß Stoner. Sie sehen, man kann sich auf uns verlassen.«
»Ich habe Sie voll Ungeduld erwartet!« rief sie und drückte uns die Hand.
»Wir hatten das Vergnügen, Dr. Roylott kennenzulernen.«
Holmes erzählte ihr in wenigen Worten, was geschehen war.

Miß Stoner war aschfahl geworden. »Mein Gott! Er ist mir also gefolgt.«
»Anscheinend.«
»Er ist unberechenbar. Ich weiß nie, wann ich vor ihm sicher bin. Was wird wohl geschehen, wenn er zurückkommt?«
»Wenn er gewalttätig wird, bringen wir Sie am besten zu Ihrer Tante nach Harrow. Jetzt aber müssen wir die Zeit nützen, die uns zur Verfügung steht. Führen Sie uns gleich zu den Räumen, die wir ansehen wollen.«
An dem bewohnten Flügel des Hauses war ein Gerüst aufgerichtet. Eine Seitenwand war teilweise durchgebrochen, aber im Augenblick waren die Bauarbeiter nicht an der Arbeit. Holmes ging langsam auf dem schlechtgeschnittenen Rasen hin und her und betrachtete lange die Fensterfront.
»Dieses Fenster gehört also zu dem Zimmer, in dem Sie schliefen, das mittlere zu dem Ihrer Schwester, und das nächstfolgende ist Dr. Roylotts Zimmer?«
»Ja, aber ich schlafe jetzt im mittleren.«
»Wegen der Bauarbeiten. Ich kann allerdings nichts sehen, was an dieser Wand so dringend repariert werden müßte.«
»Ich bin überzeugt, daß es nur ein Vorwand war.«
»Auf der Rückseite dieses Flügels ist wohl der Korridor, auf den die Türen dieser drei Zimmer führen. Hat er Fenster?«
»Ja, aber nur sehr kleine. Zu klein, als daß jemand sich durchzwängen könnte.«
»Würden Sie jetzt bitte in Ihr Zimmer gehen und die Fensterläden von innen schließen?«
Miß Stoner machte die Läden zu. Holmes untersuchte den Verschluß aufmerksam und versuchte, die Läden mit Gewalt zu öffnen. Es gelang ihm nicht. Dann untersuchte er mit seinem Vergrößerungsglas die Angeln, in denen die Läden hingen. Sie waren aus massivem Eisen und fest in den stabilen hölzernen Rahmen eingelassen. »Hm«, sagte Holmes, »diese Läden konnten unmöglich mit Gewalt geöffnet werden. Jetzt wollen wir uns die Sache einmal genau von innen ansehen, Watson.«

Wir schritten durch den weißgekalkten Flur, auf den die drei Schlafzimmertüren führten. Holmes verzichtete aber darauf, auch das dritte Zimmer zu besichtigen. Wir gingen sofort ins Mittelzimmer, in dem Miß Stoner zur Zeit schlief und in dem auch ihre Schwester gestorben war.

Es war ein freundliches kleines Zimmer mit einem offenen Kamin, wie man ihn in vielen alten Landhäusern findet. In der einen Ecke stand eine braune Kommode, und links vom Fenster stand ein Frisiertisch. Zwei Rohrstühle und ein Teppich in der Mitte – das war alles. Holmes zog sich einen Korbstuhl in die Ecke und setzte sich. Schweigend ließ er seine Blicke durch den Raum wandern; ich wußte, daß er sich dabei auch die geringste Kleinigkeit einprägte.

»Wohin geht diese Klingel?« fragte er und deutete auf eine Schnur, die über dem Kopfende des Bettes hing.

»Zum Zimmer der Haushälterin.«

»Sieht neuer aus als die anderen Dinge hier.«

»Sie wurde erst vor ein paar Jahren eingerichtet.«

»Bat Ihre Schwester darum?«

»Nein, ich habe auch nie gesehen, daß Julia sie benutzte. Was wir brauchten, holten wir uns selbst.«

Holmes murmelte etwas und legte sich dann mit dem Vergrößerungsglas in der Hand auf den Boden. Er kroch vor und zurück und überprüfte jede einzelne Bodenritze. Dann wandte er seine Aufmerksamkeit den holzverkleideten Wänden zu.

Schließlich trat er vor das Bett. Er betrachtete es ein paar Sekunden schweigend. Dann nahm er die Klingelschnur in die Hand und zog einmal kurz daran. »Nur eine Attrappe«, sagte er. »Sie ist nicht einmal mit einem Draht verbunden. Sehen Sie, sie hängt an einem Haken über der kleinen Ventilatoröffnung.«

»Eigenartig! Das ist mir nie zuvor aufgefallen.«

Holmes zog noch einmal an der Schnur. »Nicht das einzige an diesem Zimmer, das eigenartig ist. Was für ein Idiot von Architekt muß das gewesen sein, der einen Ventilator nach dem anderen Zimmer legt und nicht an die Außenwand.«

»Der Ventilator ist auch noch nicht sehr alt«, sagte Miß Stoner.
»Wurde er gleichzeitig mit der Klingelschnur eingebaut?«
»Ja. Damals wurden verschiedene Kleinigkeiten geändert.«
»Interessante Kleinigkeiten – Klingel-Attrappen und Ventilatoren ohne Frischluft. Wenn Sie erlauben, Miß Stoner, werden wir uns jetzt im nächsten Zimmer umsehen.«
Dr. Grimesby Roylotts Zimmer war größer als das seiner Stieftochter, aber genauso einfach eingerichtet. Ein Bett, ein kleines hölzernes Bücherregal, ein Holzstuhl, ein runder Tisch und ein großer Safe waren die Haupteinrichtungsgegenstände.
»Was ist hier drin?« fragte Holmes und legte die Hand auf den Safe.
»Die Geschäftspapiere meines Stiefvaters.«
»Sie haben den Safe also schon einmal offen gesehen?«
»Einmal nur, vor ein paar Jahren. Damals war er mit Papieren angefüllt.«
»Eine Katze kann nicht drin sein?«
»Nein. Wie kommen Sie denn darauf?«
Holmes hob eine kleine Untertasse mit Milch hoch, die auf dem Safe stand.
»Katzen haben wir nicht im Haus. Aber der Leopard ...«
»Natürlich! Auch ein Leopard ist eine Katze, ein bißchen groß allerdings, und ob solch ein Tier mit einer Schale Milch zufrieden sein wird?«
Er kniete vor dem Holzstuhl nieder und untersuchte den Sitz.
»Das hätten wir also auch«, sagte er schließlich. Er erhob sich und steckte das Vergrößerungsglas wieder ein.
»Hallo! Noch eine Kleinigkeit!« Er hatte eine kleine Hundepeitsche entdeckt, die über dem Bettende hing. Die Peitschenschnur war am Stiel so festgebunden, daß sie eine Schlinge bildete.
»Was hältst du davon, Watson?«
»Eine ganz alltägliche Peitsche. Aber warum ist sie nur so festgebunden?«
»Das ist nicht ganz so alltäglich, was? Miß Stoner, ich habe genug gesehen. Ich danke Ihnen.«

So grimmig entschlossen und so ernst hatte ich Holmes noch nie gesehen. Wir verließen das Haus und gingen auf dem Rasen auf und ab. Weder Miß Stoner noch ich wagten es, ihn zu stören. Endlich blickte er auf.

»Ihr Leben hängt davon ab, Miß Stoner«, sagte er, »daß Sie sich in jedem einzelnen Punkt so verhalten werden, wie ich es Ihnen jetzt sagen werde.«

»Ich verspreche es Ihnen.«

»Dr. Watson und ich werden diese Nacht in Ihrem Zimmer verbringen.«

Miß Stoner und ich blickten ihn verblüfft an.

»Ich will es Ihnen erklären. Wenn ich mich nicht täusche, liegt in dieser Richtung das Dorfgasthaus?«

»Ja, die ›Krone‹.«

»Sehr gut. Kann man denn von dort Ihre Fenster auch sehen?«

»Ja.«

»Sie müssen auf Ihrem Zimmer bleiben, wenn Ihr Stiefvater zurückkommt. Erfinden Sie eine Ausrede. Sagen Sie, Sie hätten Kopfweh. Wenn Sie hören, daß er in sein Zimmer geht, stellen Sie die Lampe als Zeichen für uns auf. Gehen Sie dann leise in das Zimmer, in dem Sie sonst schlafen. Sicher wird das trotz der Bauarbeiten für eine Nacht möglich sein.«

»O ja, das geht.«

»Den Rest überlassen Sie uns.«

»Was wollen Sie tun?«

»Wir werden die Nacht in Ihrem Zimmer verbringen, dem Zimmer Ihrer Schwester, um genau zu sein, und uns mit den Geräuschen beschäftigen, die Sie gehört haben.«

»Ich habe das Gefühl, Mr. Holmes, daß Sie bereits zu einem Schluß gekommen sind«, sagte Miß Stoner. Sie legte ihre Hand auf Holmes' Arm.

»Vielleicht.«

»Dann flehe ich Sie an: Sagen Sie mir, wie meine Schwester gestorben ist.«

»Ich möchte Beweise haben, ehe ich darüber spreche.«

»Sagen Sie mir wenigstens, ob meine Vermutung stimmt, daß sie sich zu Tode erschreckt hat.«
»Nein, das glaube ich nicht. Jetzt müssen wir Sie aber verlassen, Miß Stoner. Wenn Dr. Roylott zurückkäme und uns hier fände, dann wäre alles vergebens. Leben Sie wohl. Seien Sie tapfer. Wenn Sie meinen Rat genau befolgen, werden wir dem Spuk bald ein Ende bereitet haben.«

Wir mieteten in der »Krone« ein Zimmer. Von unserem Fenster aus konnten wir das Eingangstor und den Wohnflügel des Gutshauses beobachten.
Bei Einbruch der Dunkelheit sahen wir Dr. Grimesby Roylott zurückkommen. Ein wenig später ging in einem der Wohnzimmer das Licht an.
»Ich muß gestehen, Watson«, sagte Holmes, als wir im Dunkeln am Fenster saßen, »es sind mir Bedenken gekommen, dich heute nacht mitzunehmen. Die Sache ist sehr gefährlich.«
»Kann ich dir dabei helfen?«
»Deine Gegenwart kann von großem, unschätzbarem Wert sein.«
»Dann komme ich auf jeden Fall mit.«
»Ich danke dir.«
»Du sprichst von Gefahr. Natürlich hast du wieder mehr gesehen als ich.«
»Nein, vielleicht gehen nur meine Schlußfolgerungen etwas weiter. Ich denke doch, daß du genausoviel bemerkst hast wie ich.«
»Außer dieser Klingelschnur fiel mir eigentlich nichts Außergewöhnliches auf.«
»Hast du den Ventilator gesehen?«
»Ja, trotzdem finde ich es nicht so ungewöhnlich. Im übrigen ist die Öffnung zum anderen Zimmer so klein, daß kaum eine Maus durchschlüpfen könnte.«
»Ich wußte von diesem Ventilator, ehe wir überhaupt nach Stoke Morgan kamen.«
»Na, na . . .«
»Erinnerst du dich, daß sie uns erzählte, ihre Schwester habe

gerochen, daß Dr. Roylott in seinem Zimmer eine Zigarre rauchte? Es war also anzunehmen, daß zwischen diesen beiden Räumen eine Verbindung bestand. Ich tippte auf einen Ventilator.«

»Nun gut, aber was ist Schlimmes an einem Ventilator?«

»Die eigenartige zeitliche Übereinstimmung. Ein Ventilator wird installiert, eine Klingelschnur wird angebracht, eine junge Dame, die im Bett schläft, stirbt unvermittelt.«

»Ich kann immer noch keinen Zusammenhang entdecken.«

»Das Bett. Fiel dir daran nicht irgend etwas Ungewöhnliches auf?«

»Nein.«

»Es war am Fußboden festgeschraubt. Hast du je schon einmal ein festgeschraubtes Bett gesehen?«

»Nein, nicht daß ich wüßte.«

»Die junge Dame konnte ihr Bett nicht verschieben. Ventilator und Seil – so können wir es ruhig nennen, denn eine Klingelschnur war es nie – mußten immer in gleichbleibender Entfernung vom Bett sein.«

»Holmes«, rief ich, »ich glaube, langsam verstehe ich. Wir sind wirklich im letzten Augenblick gekommen, um ein zweites Verbrechen zu verhindern.«

»Teuflisch und klug. Ein Arzt, der zum Verbrecher wird, ist besonders gefährlich. Er ist kaltblütig, und er kennt viele Mittel und Wege. Heute nacht können wir ausziehen, das Fürchten zu lernen.«

Gegen neun Uhr gingen die Lichter zwischen den Bäumen aus. Das Gutshaus versank im Dunkel. Zwei Stunden vergingen. Plötzlich, Punkt elf, leuchtete ein einzelnes helles Licht auf.

»Unser Zeichen!« Holmes sprang auf. »Es ist das mittlere Fenster.«

Durch die dunkle Straße fegte ein kalter Wind. Es war nicht schwierig, in den Park zu gelangen. Im Schutze der Bäume schlichen wir leise bis zum Rasen. Wir wollten eben durchs Fenster steigen, als aus dem verwilderten Buschwerk ein dunkler Schatten hervorstürzte. Er sah aus wie ein grausig verkrüppeltes Kind, warf sich mit zuckenden Gliedern ins Gras und verschwand dann schnellfüßig in der Dunkelheit.

»Mein Gott!« flüsterte ich. »Hast du das gesehen?«
Holmes war im ersten Augenblick genauso erschrocken wie ich. Seine Finger schlossen sich mit hartem Griff um mein Handgelenk. Dann fing er leise an zu lachen.
»Ein reizender Haushalt«, flüsterte er, »das war der Pavian.«
Ich hatte die seltsamen Haustiere des Doktors völlig vergessen. Da war ja auch noch ein Leopard; wenn wir Glück hatten, konnte er uns jeden Moment anspringen. Ich muß gestehen, daß ich aufatmete, als ich schließlich mit Holmes zusammen im Schlafzimmer angelangt war. Er schloß behutsam die Läden, stellte die Lampe auf den Tisch und blickte sich im Zimmer um. Es war alles unverändert.
Holmes kam ganz nahe zu mir heran und flüsterte beinahe unhörbar an meinem Ohr:
»Das geringste Geräusch kann alles verderben.«
Ich nickte, zum Zeichen, daß ich verstanden hatte.
»Schlafe nur nicht ein! Es könnte dich das Leben kosten. Revolver bereit? Ich setze mich aufs Bett, nimm du den Stuhl.«
Ich legte meinen Revolver vor mich auf den Tisch.
Holmes hatte einen langen dünnen Rohrstock mitgebracht und legte ihn neben sich aufs Bett, daneben eine Schachtel mit Streichhölzern und einen Kerzenstumpf. Schließlich löschte er die Lampe.
Wir saßen im Dunkeln. Aus der Ferne hörten wir alle Viertelstunde die tiefen Glockentöne der Kirchenuhr. Eine Ewigkeit schien zwischen diesen Tönen zu liegen! Zwölf Uhr. Eins, zwei. Um drei Uhr saßen wir immer noch in fieberhafter Spannung und warteten auf etwas, das wir nicht kannten.
Plötzlich fiel ein Lichtstrahl durch den Ventilator. Er erlosch sofort wieder. Ich hörte, wie sich im Nebenzimmer jemand leise bewegte. Dann war wieder alles still. Eine halbe Stunde lang lauschte ich angespannt. Dann hörte ich plötzlich wieder etwas – ein schwaches, zischendes Geräusch.
Im gleichen Augenblick sprang Holmes vom Bett auf und schlug wie wild mit seinem Stock auf die Klingelschnur ein.

»Siehst du sie, Watson?« schrie er gellend. »Siehst du sie?«
Ich sah nichts. Als ich die Kerze anzündete, hörte ich ein leises klares Pfeifen. Der Lichtschein blendete mich aber so, daß ich nicht erkennen konnte, worauf Holmes so wild einhieb. Ich sah nur sein bleiches, verzerrtes Gesicht.
Er hielt seinen Stock nun ruhig in der Hand und starrte zum Ventilator hinauf, als plötzlich die Stille der Nacht durch einen entsetzlichen, markerschütternden Schrei zerrissen wurde. Schmerz, Angst und Wut vereinten sich in einem entsetzlichen, heiseren Gebrüll. Ich war wie gelähmt. Ich starrte auf Holmes, bis die Schreie erstarben und uns wieder die Stille der Nacht umgab.
»Vielleicht ist es so am besten«, sagte Holmes. »Nimm deinen Revolver, wir gehen in Dr. Roylotts Zimmer.«
Er zündete die Lampe an und öffnete die Tür zum Korridor. Er klopfte zweimal. Es kam keine Antwort. Dann drückte er die Türklinke nieder und trat ein. Ich folgte ihm mit entsichertem Revolver.
Auf dem Tisch stand eine Sturmlaterne. Ihr Licht fiel auf den Safe, dessen Tür weit offenstand. Neben dem Tisch saß Dr. Grimesby Roylott in einem langen grauen Morgenrock, die nackten Füße in flachen roten Türkenpantoffeln. Auf seinem Schoß lag die Hundepeitsche.
Seine schrecklich starren Augen waren auf eine Ecke der Zimmerdecke gerichtet. Um seine Stirn wand sich ein eigenartiges gelbes Band mit bläulichen Tupfen. Er rührte sich nicht.
»Das Band! Das gesprenkelte Band!« flüsterte Holmes.
Ich trat einen Schritt vor. In der gleichen Sekunde begann der unheimliche Kopfschmuck sich zu bewegen. Aus den Haaren des Doktors erhob sich der flache Kopf einer Schlange.
»Eine ›Swamp adder‹!« schrie Holmes. »Die gefährlichste Schlange Indiens. Ihr Biß tötet in zehn Sekunden.« Er nahm dem Toten die Hundepeitsche aus den Händen, warf dem Reptil blitzschnell die Schlinge um den Hals und trug es mit weitausgestrecktem Arm zum Safe zurück. Die schwere Tür schlug zu.
So starb Dr. Grimesby Roylott von Stoke Moran.

Als der Tag kam, setzten wir die verstörte Miß Stoner in den Zug, der sie nach Harrow zu ihrer Tante brachte. Erst als wir nach London zurückfuhren, klärte Holmes mich über die letzten, mir noch dunklen Punkte auf.

»Ich war zu einem völlig falschen Schluß gekommen, Watson. Das beweist wieder einmal, wie gefährlich es sein kann, aus unzulänglichen Unterlagen Schlüsse zu ziehen. Die Anwesenheit der Zigeuner und die letzten gestammelten Worte, mit denen das arme Mädchen zweifellos das Schreckliche beschreiben wollte, das sie im flackernden Licht ihres Streichholzes gesehen hatte, brachten mich auf eine vollkommen falsche Spur, die Zigeuner nämlich. Korrigieren konnte ich mich erst in dem Augenblick, als ich erkannte, daß die Gefahr weder vom Fenster noch von der Tür her kommen konnte.

Meine ganze Aufmerksamkeit galt jetzt dem Ventilator und der Klingelschnur. Die Entdeckung, daß es sich dabei um eine Attrappe handelte und daß das Bett am Fußboden festgeschraubt war, erweckte sogleich in mir den Verdacht, daß das Seil nur als Brücke dienen konnte. Ich dachte sofort an eine Schlange. Da mir bekannt war, daß der Doktor indische Tiere hielt, baute ich diese Theorie aus.

Siehst du, Watson, die Idee, den Mord mit Hilfe eines Giftes auszuführen, das nicht nachgewiesen werden kann, paßte sehr gut zu einem klugen und kaltblütigen Mann, der lange Jahre im Osten gelebt hat.

Wichtig für ihn war auch die schnelle Wirksamkeit des Giftes. Daß bei einer Untersuchung die zwei kleinen dunklen Punkte, die die Giftzähne hinterlassen hatten, bemerkt würden, war unwahrscheinlich.

Dann das Pfeifen. Dr. Roylott mußte die Schlange ja wieder zurückrufen. Wahrscheinlich hat er sie abgerichtet, auf seinen Pfiff hin zurückzukommen. Er ließ sie also durch den Ventilator kriechen. Sie mußte an dem Seil auf das Bett hinabgleiten, eine andere Möglichkeit gab es nicht. Ob sie nun gleich beim erstenmal zubiß oder nicht, konnte er zwar nicht im voraus wissen, aber früher oder später mußte es geschehen, und das Opfer war rettungslos verloren.

Soviel war mir bereits klar, als ich das Zimmer des Doktors betreten hatte. Als ich dann noch den Stuhl untersuchte, sah ich, daß er oft auf dem Sitz gestanden haben mußte, und das war natürlich unumgänglich, wenn er zum Ventilator reichen wollte. Der Safe, das Schälchen Milch, die zu einer Schlinge geknüpfte Peitschenschnur – das alles gab mir die letzte Gewißheit.

Das Metallgeräusch, das Miß Stoner gehört hatte, rührte offensichtlich daher, daß der Doktor die Tür zum Safe etwas zu hastig hinter dem unheimlichen Tier geschlossen hatte.

Soviel also wußte ich, als ich die Schlange zischen hörte. Ich schlug auf sie ein.«

»Du triebst sie wieder durch den Ventilator zurück.«

»Nicht nur das. Ich reizte sie damit so, daß sie auf ihren Herrn losging. Indirekt also trifft mich die Schuld an Dr. Grimesby Roylotts Tod, aber ich muß gestehen, Watson, diese Schuld lastet nicht allzu schwer auf meinem Gewissen.«

Das Haus bei den Blutbuchen

Es war an einem kalten Morgen zu Anfang des Frühlings. Nach dem Frühstück saßen wir in unseren alten Räumen in der Baker Street vor dem Feuer im offenen Kamin. Sherlock Holmes war schon den ganzen Morgen sehr schweigsam. Er hatte einen Stoß Zeitungen vor sich liegen, aber er beschäftigte sich ausschließlich mit den Anzeigen. Endlich schien er seine Suche aufzugeben. Er warf alle auf einen Haufen.

»Die Tage der großen Kriminalfälle sind endgültig vorbei, Watson«, sagte er ausgesprochen ärgerlich zu mir. »Die Menschen, oder zumindest doch die Verbrecher, haben keinen Unternehmungsgeist mehr. Sie arbeiten nur nach dem Klischee, ohne jede Originalität. Und meine kleine ›Praxis‹ – es geht bergab. Sherlock Holmes, Baker Street, das scheint nur noch eine Agentur zu sein, von der man erwartet, daß sie verlorene Bleistifte wiederfindet und verwirrte junge Pädagoginnen berät. Ich glaube, viel tiefer kann es jetzt nicht mehr gehen. Mit diesem Brief, den ich heute morgen erhielt, bin ich wohl am Nullpunkt angelangt. Bitte!«

Er reichte mir einen zerknitterten Brief herüber.

Ich las:

»Lieber Mr. Holmes, ich erbitte Ihren Rat in der Frage, ob ich eine Stelle als Erzieherin, die mir angeboten wurde, annehmen soll oder nicht. Ich werde morgen um halb elf bei Ihnen sein.

Mit vorzüglicher Hochachtung Violet Hunter.«

»Kennst du die junge Dame?« fragte ich.

»Nie den Namen gehört.«

»Jetzt ist es gleich halb elf.«

»Ja, sie wird wohl gleich hier sein.«

»Vielleicht ist die Sache interessanter, als du glaubst.«

»Wollen wir es hoffen! Aber von diesen Zweifeln werden wir schnell erlöst sein.«

Kurz darauf klingelte es draußen, dann wurde an die Tür geklopft, und eine junge Dame betrat das Zimmer. Sie war einfach, aber geschmackvoll gekleidet. In ihrem frischen jungen Gesicht saß ein Näschen voller Sommersprossen, und sie hatte die sichere Art einer Frau, die gelernt hat, auf eigenen Füßen zu stehen.

»Ich hoffe, Sie verzeihen mir, daß ich Sie mit meinen Angelegenheiten belästige«, sagte sie, als mein Freund sich erhob, sie zu begrüßen. »Aber ich habe ein eigenartiges Erlebnis gehabt, und da ich nicht weiß, wen ich sonst um Rat fragen könnte, dachte ich, daß Sie vielleicht so freundlich wären, mir in diesem Fall zu helfen.«

»Nehmen Sie Platz, Miß Hunter. Ich werde tun, was ich kann.«

Ich sah, daß Holmes von der Art seiner Klientin angenehm berührt war. Er warf ihr einen prüfenden Blick zu und lehnte sich dann mit gesenkten Lidern zurück, um ihre Geschichte anzuhören.

»Fünf Jahre lang war ich als Erzieherin bei einer Familie«, sagte sie, »bei Oberst Spence Munro. Vor zwei Monaten wurde Oberst Munro nach Halifax in Neuschottland versetzt und zog mit seiner Familie nach Amerika. Ich verlor meine Stelle. Ich annoncierte und schrieb auf verschiedene Inserate, aber ohne Erfolg. Schließlich ging das Geld, das ich mir erspart hatte, zur Neige, und ich war verzweifelt.

Einmal in der Woche sprach ich bei Miß Stoper vor, die eine der bekanntesten Agenturen für Erzieherinnen leitet. Als ich letzte Woche dort war, wurde ich wie üblich in das kleine Büro geführt. Miß Stoper war nicht allein, neben ihr saß ein unwahrscheinlich dicker Mann mit einem freundlichen Lächeln und einem gewaltigen Kinn, das die Fassade seines Gesichts wie eine Treppe mit vielen Stufen beherrschte. Er trug eine Brille und betrachtete aufmerksam die Damen, die nacheinander hereinkamen. Als ich durch die Tür trat, sprang er plötzlich auf und wandte sich hastig an Miß Stoper:

›Das ist das Richtige‹, sagte er; ›genau, was ich suche. Ausgezeichnet!‹ Er schien ehrlich begeistert und rieb sich die Hände vor Vergnügen. Er sah so sympathisch aus, daß es eine Freude war, ihn anzusehen.

›Sie suchen eine Stelle, Miß?‹ fragte er.

›Ja.‹

›Als Erzieherin?‹

›Ja.‹

›Und Ihre Gehaltswünsche?‹

›In meiner letzten Stellung bei Oberst Spence Munro bekam ich vier Pfund im Monat.‹

›Aber nein doch! Das ist ja eine Schande!‹ rief er und warf empört seine Arme in die Luft. ›Wie kann man es wagen, einer so attraktiven und tüchtigen Dame eine so jämmerliche Summe anzubieten?‹

›Vielleicht versprechen Sie sich zuviel‹, warnte ich, ›ein wenig Französisch, ein wenig Deutsch, Musik und Zeichnen . . .‹

›Aber nein!‹ rief er wieder. ›Das tut doch nichts zur Sache! Entweder Sie sind eine Dame, oder Sie sind es nicht. Darum geht es! Sind Sie es nicht, dann können Sie auch kein Kind erziehen. Ich bitte Sie, wie darf ein Mann von Welt von Ihnen erwarten, daß Sie sich herablassen, etwas anderes als eine dreistellige Summe zu akzeptieren? – Ihr Anfangsgehalt bei mir, Madam, würde hundert Pfund pro Jahr betragen.‹

Sie können sich denken, Mr. Holmes, daß mir in meiner verzweifelten Lage ein derartiges Angebot beinahe zu schön schien, um wahr zu sein. Der Herr, der mir wohl meine Ungläubigkeit vom Gesicht ablas, öffnete darauf seine Brieftasche und nahm einen Schein heraus.

›Im übrigen halte ich es immer so‹, sagte er und lächelte, bis seine Augen nur noch zwei freundliche Schlitze inmitten der weißen Falten seines Gesichtes waren, ›daß ich meinen jungen Damen ihr halbes Gehalt im voraus gebe, um sie etwaiger Sorgen wegen der Fahrt oder ihrer Garderobe zu entheben.‹

Da ich bereits Schulden bei meinen Kaufleuten hatte, wäre mir der Vorschuß eine große Hilfe gewesen. Aber irgendwie schien mir die Sache doch nicht ganz geheuer; ich wollte wenigstens etwas mehr wissen, ehe ich zusagte. Und so fragte ich:

›Dürfte ich fragen, wo Sie leben, Sir?‹

›Hampshire. Reizendes ländliches Fleckchen, fünf Meilen von Winchester. ‚The Copper Beeches‘ heißt das Haus nach den alten Blutbuchen, von denen es umgeben ist. Eine wunderschöne Gegend, meine verehrte junge Dame, und ein romantisches altes Landhaus.‹

›Und meine Pflichten, Sir? Darüber würde ich gern mehr wissen.‹

›Ein Kind – ein kleiner Strolch von sechs Jahren. Sie müßten einmal sehen, wie er auf die Katzen Jagd macht und sie am Schwanz zieht!‹ Er lehnte sich in seinem Stuhl zurück und lachte. Ich war etwas betroffen über die Vergnügungen, denen das Kind nachzugehen schien. ›Meine ganzen Pflichten würden also darin bestehen, ein Einzelkind zu betreuen?‹ fragte ich.

›Nein, nein, nicht ausschließlich, meine verehrte junge Dame!‹ rief er. ›Es wäre auch Ihre Pflicht, und ich bin überzeugt, daß Ihr gesunder Menschenverstand Ihnen das sowieso sagen würde, die kleinen Anordnungen zu befolgen, die Ihnen zum Beispiel meine Frau geben würde, immer vorausgesetzt natürlich, daß es sich um Anordnungen handelt, die eine Dame akzeptieren kann. Darin sehen Sie doch keine Schwierigkeiten, wie?‹

›Nein‹, sagte ich, konnte mein Erstaunen über seine Worte aber nur schlecht verhehlen.

›Sie hätten doch nichts dagegen, sich einmal schön bequem in einen Stuhl zu setzen?‹

›O nein.‹

›Oder Ihre Haare kurz zu schneiden, ehe Sie zu uns kommen?‹ Ich wollte meinen Ohren nicht trauen. Wie Sie sehen, Mr. Holmes, trage ich sehr langes kastanienbraunes Haar. Es ist mein ganzer Stolz. Ich dachte nicht im Traume daran, es zu opfern.

›Ich fürchte, daß dies ganz ausgeschlossen ist‹, sage ich. Er hatte mich mit seinen kleinen Augen gespannt beobachtet. Ich konnte sehen, daß ein Schatten über sein Gesicht zog.

›Ich fürchte, daß ich darauf bestehen muß‹, sagte er. ›Es ist eine Laune meiner Frau, und die Launen einer Dame sollten, wie Sie sicher wissen, Madam, respektiert werden. Sie wollen Ihr Haar also nicht schneiden lassen?‹

›Nein, Sir, das ist wirklich ausgeschlossen‹, erwiderte ich fest.
›Schade. Damit ist die Sache wohl erledigt. Wirklich schade, denn Sie wären sicherlich sehr geeignet für diese Arbeit gewesen. – In diesem Fall, Miß Stoper, werde ich mir am besten noch ein paar Ihrer jungen Damen ansehen.‹
Die Vermittlerin hatte die ganze Zeit wortlos dabeigesessen und in ihren Papieren geblättert. Jetzt blickte sie mich mit einem sehr verärgerten Gesicht an. Ich mußte daraus schließen, daß meine Weigerung sie wahrscheinlich um eine ansehnliche Vermittlungsgebühr gebracht hatte.
›Wünschen Sie, daß ich Ihren Namen in meiner Kartei weiterführe?‹ fragte sie.
›Ja, bitte, Miß Stoper.‹
›Es scheint mir allerdings ziemlich zwecklos, nachdem Sie so großzügige Angebote einfach ablehnen‹, sagte sie scharf. ›Sie können kaum erwarten, daß wir uns weiterhin bemühen, für Sie eine geeignete Position zu finden. Guten Morgen, Miß Hunter.‹ Sie berührte einen Gong auf dem Tisch, und ich wurde hinausgeführt.
Als ich dann in meine Wohnung zurückkam und gleich drei Rechnungen auf dem Tisch vorfand, begann ich mich doch zu fragen, ob ich nicht eine große Dummheit gemacht hatte. Wenn diese Leute einen Spleen hatten – immerhin waren sie bereit, für ihre exzentrischen Wünsche zu bezahlen. Es gibt wenige Erzieherinnen in England, die im Jahr hundert Pfund verdienen. Und überdies, welchen Nutzen brachte mir denn mein Haar? Vielen Frauen steht es sogar besser, wenn sie ihr Haar kurzgeschnitten tragen, und vielleicht gehöre ich zu diesen Frauen.
Am nächsten Tag fing ich an zu überlegen, ob ich nicht doch einen Fehler gemacht hätte. Am übernächsten Tag war ich überzeugt davon. Ich dachte, ob ich nicht doch in die Agentur zurückgehen und fragen sollte, ob die Stelle noch zu haben sei. Dann erhielt ich diesen Brief hier. Ich habe ihn mitgebracht. Vielleicht darf ich ihn der Einfachheit halber vorlesen, da Sie ja zu zweit sind.

›The Copper Beeches, Winchester

Liebe Miß Hunter,
Miß Stoper hat mir liebenswürdigerweise Ihre Anschrift gegeben, und ich schreibe Ihnen nun von hier, um mich zu erkundigen, ob Sie Ihren Entschluß nicht doch noch einmal überdenken wollen. Meine Frau wäre sehr glücklich, wenn Sie kämen. Sie war sehr beeindruckt von der Beschreibung, die ich ihr von Ihnen gab. Wir wären bereit, dreißig Pfund im Vierteljahr zu zahlen, also hundertundzwanzig im Jahr, um Sie für alle kleinen Unannehmlichkeiten, die unsere Wünsche Ihnen bereiten könnten, zu entschädigen. Sie sind ja übrigens wirklich nicht so schlimm.
Meine Frau liebt ein ganz besonderes Königsblau, und sie möchte gern, daß Sie morgens im Haus ein Kleid in dieser Farbe tragen. Sie sollen sich aber nicht in Unkosten stürzen, da wir über ein Kleid in dieser Farbe verfügen, es gehört unserer lieben Tochter Alice, die zur Zeit in Philadelphia ist; es müßte Ihnen genau passen.
Was Ihr Haar betrifft, so ist das zweifellos sehr bedauerlich, da auch mir seine besondere Schönheit während unseres kurzen Gesprächs auffiel. Aber ich fürchte, daß ich in diesem Punkt festbleiben muß. Ich kann nur hoffen, daß die Gehaltszulage Sie darüber hinwegtrösten wird. Ihre Pflichten sind, soweit sie das Kind angehen, leicht zu nennen. Nun entschließen Sie sich, zu kommen. Ich werde Sie mit dem Wagen in Winchester abholen. Schreiben Sie mir, mit welchem Zug Sie reisen.
Mit vorzüglicher Hochachtung

Jephro Rucastle.‹

Das ist also der Brief, den ich erhielt, Mr. Holmes. Ich habe mich entschlossen, die Stelle anzutreten. Ich hatte allerdings den Wunsch, vor der endgültigen Zusage Sie um Ihren Rat zu bitten.«
»Wenn Sie sich entschlossen haben, Miß Hunter, dann gibt es wohl nicht mehr viel zu raten«, sagte Holmes lächelnd.
»Sie raten mir also nicht ab? Was, glauben Sie, steckt hinter der ganzen Sache, Mr. Holmes?«

»Ich kann es auch nicht sagen. Vielleicht haben Sie sich selbst schon eine Meinung gebildet.«

»Es scheint mir nur eine einleuchtende Erklärung zu geben. Mr. Rucastle scheint ein freundlicher, gutherziger Mann zu sein – aber seine Frau, vielleicht ist sie verrückt, und er tut alles, um es zu verbergen, aus Angst, sie könnte in eine Irrenanstalt gesteckt werden. Vielleicht gibt er ihren Launen nach, um einen schlimmen Ausbruch zu verhüten.«

»Eine Möglichkeit – und sogar die wahrscheinlichste, wie mir scheint«, sagte Holmes. »Aber in jedem Fall dürfte Sie dort nicht der Himmel auf Erden erwarten.«

»Aber das Gehalt, Mr. Holmes, bedenken Sie, das viele Geld!«

»Ja, natürlich. Die Bezahlung ist gut – zu gut. Das beunruhigt mich. Warum sollte man Ihnen hundertundzwanzig Pfund im Jahr geben, wenn man schon für vierzig Pfund jemanden bekommen könnte? Dafür muß es schon einen triftigen Grund geben.«

»Ich dachte, wenn ich Ihnen jetzt die ganzen Umstände erzähle, hätten Sie nachher, wenn ich Hilfe brauche, vielleicht Verständnis für mich. Es wäre eine große Beruhigung, wenn ich wüßte, daß Sie hinter mir stehen.«

»Mit diesem Gefühl dürfen Sie gern Ihre Reise antreten. Sollten Ihre Zweifel sich bestätigen, oder sollten Sie sich in Gefahr befinden . . .«

»In Gefahr! An was denken Sie?«

Holmes sagte ernst: »Jede Gefahr verliert in dem Augenblick ihren Schrecken, in dem wir sie erkennen. Auf ein Telegramm von Ihnen würde ich jederzeit, Tag und Nacht, zu Ihnen fahren, um Ihnen beizustehen.«

Aus ihrem Gesicht war alle Angst gewichen. »Ich werde die Reise nach Hampshire jetzt ruhiger antreten«, sagte sie. »Gleich will ich an Mr. Rucastle schreiben, heute abend noch mein Haar opfern und morgen nach Winchester abreisen.« Sie dankte Holmes und wünschte uns eine gute Nacht. »Immerhin«, sagte ich, als ihr rascher Schritt verklungen war, »scheint sie eine junge Dame zu sein, die durchaus auf sich selber aufpassen kann.«

»Das wird auch nötig sein«, sagte Holmes, immer noch ernst. »Ich müßte mich sehr irren, wenn wir nicht in absehbarer Zeit von ihr hören.«

Zwei Wochen vergingen. In dieser Zeit beschäftigten sich meine Gedanken häufig mit ihr. Ich fragte mich, auf was für einen seltsamen Seitenweg des menschlichen Lebens diese einsame Frau wohl verschlagen worden war.

Schließlich kam das Telegramm. Es erreichte uns spät in der Nacht. Holmes öffnete den gelben Umschlag und warf es mir zu, nachdem er die Botschaft überflogen hatte. »Suche doch bitte einen Zug heraus«, sagte er und wandte sich dann wieder seinen chemischen Experimenten zu, in denen er unterbrochen worden war.

»Bitte treffen Sie mich morgen mittag Hotel Schwarzer Schwan Winchester. Bin am Ende meiner Weisheit. Hunter.«

Holmes blickte auf. »Willst du mitkommen?«

»Gern.« Ich sah nach den Zügen. »Um neun Uhr dreißig fährt der erste«, sagte ich dann. »Er kommt um elf Uhr dreißig in Winchester an.«

»Gut, den nehmen wir.«

Um elf Uhr am nächsten Morgen näherten wir uns schon der alten englischen Hauptstadt. Holmes hatte sich tief in seine Morgenzeitungen vergraben, aber als wir nach Hampshire hineinfuhren, warf er sie in die Ecke und genoß die Landschaft. Über den blauen Himmel zogen kleine weiße Wolken. Durch das helle Grün der jungen Blätter leuchteten die roten und grauen Dächer der Bauernhöfe.

»Ist das nicht bezaubernd«, rief ich unwillkürlich aus.

»Alles blüht!« Es war die Begeisterung eines Mannes, der soeben dem grauen Nebeldunst der Baker Street entflohen war.

Aber Holmes schüttelte den Kopf. »Weißt du, Watson, das ist der Fluch, unter dem ich lebe. Du siehst diese verstreuten Häuser und bist hingerissen von ihrer Schönheit. Auch ich sehe sie, aber der einzige Gedanke, der sich mir bei ihrem Anblick aufdrängt, ist das Gefühl ihrer Abgeschiedenheit und Einsamkeit. Hier könnten die schlimmsten Verbrechen begangen werden, straflos, ohne Zeugen.«

»Guter Himmel! Das bringst auch nur du fertig. Wie kann man bei diesen schönen, alten Bauernhöfen an Verbrechen denken!«

»Mich erfüllt ihr Anblick immer mit einem gewissen Grauen«, sagte Holmes. »Es ist meine Überzeugung, Watson, und sie beruht auf Erfahrung, daß die übelsten und verruchtesten Straßen Londons keine schlimmeren Verbrechen aufzuweisen haben als dieses blühende, schöne, freie Land.«

»Das klingt ja entsetzlich.«

»Die Gründe liegen auf der Hand. In der Stadt ist noch die öffentliche Meinung wach, wenn die Gesetze nicht ausreichen. Diese einsamen Gehöfte sind zumeist von Menschen bewohnt, die nicht viel vom Gesetz wissen. Denk an die Grausamkeiten, die heimlichen Bosheiten, die sich jahraus, jahrein hier ereignen und von denen keiner etwas erfährt. Lebte diese junge Frau, die uns zu Hilfe ruft, jetzt in Winchester, ich hätte mir nicht eine Minute lang Sorgen um sie gemacht. Aber die Einsamkeit von fünf Meilen im Umkreis macht die Gefahr aus. Wenigstens wissen wir das eine, daß sie nicht persönlich bedroht ist.«

»Unwahrscheinlich, wenn sie das Telegramm schicken und nach Winchester kommen kann. Was wird denn sein? Hast du eine Vermutung?«

»Ich habe mir sieben verschiedene Erklärungen zurechtgelegt, und sie gründen sich alle auf die Tatsachen, die wir bis jetzt wissen. Aber welche nun die richtige ist, das muß sich erst erweisen.«

Im »Schwarzen Schwan«, einem gutbürgerlichen Hotel, erwartete uns bereits die junge Dame. »Ich bin so froh, daß Sie gekommen sind«, begrüßte sie uns. »Ich weiß wirklich nicht mehr, was ich tun soll.«

»Erzählen Sie bitte.«

»Ich muß mich kurz fassen. Ich habe Mr. Rucastle versprochen, vor drei Uhr zurück zu sein.«

»Erzählen Sie der Reihe nach.« Holmes streckte seine langen Beine aus und konzentrierte sich ganz auf ihre Worte.

»Ich muß vorausschicken, daß ich weder von Mr. noch von Mrs. Rucastle irgendwie schlecht behandelt werde. Das muß ich gerechterweise sagen. Ich verstehe sie einfach nicht. Sie sind mir unheimlich.«

»Was verstehen Sie nicht?«

»Die Gründe für ihr seltsames Verhalten. Aber ich will von Anfang an berichten. Mr. Rucastle holte mich vom Zug ab und fuhr mich in seinem Wagen nach dem Landhaus. Es ist, wie er sagte, wundervoll gelegen, aber das Haus selbst ist ein großer viereckiger, unschöner Block, dessen Außenmauern das Wetter übel zugerichtet hat. Es liegt ganz einsam, zu beiden Seiten von Wald umgeben. Die Vorderfront blickt auf ein Feld, das sich bis zur etwa dreißig Meter entfernten Landstraße erstreckt.

Mr. Rucastle, liebenswürdig wie immer, fuhr mich also hinüber, und noch am Abend stellte er mich seiner Frau und dem Kind vor. Unser Verdacht, Mr. Holmes, trifft bestimmt nicht zu – Mrs. Rucastle ist nicht verrückt. Sie ist eine schweigsame Frau, weit jünger als ihr Mann, um die Dreißig, schätze ich. Er muß mindestens fünfundvierzig sein. Ihrer Unterhaltung konnte ich folgendes entnehmen: Sie sind seit sieben Jahren verheiratet, er war Witwer, und das einzige Kind aus seiner ersten Ehe ist die Tochter, von der er erzählte, daß sie nach Philadelphia gegangen sei. Mr. Rucastle vertraute mir auch einmal den Grund an: eine völlig unbegründete Abneigung des Mädchens seiner Stiefmutter gegenüber. Da die Tochter mindestens zwanzig sein muß, kann ich mir gut vorstellen, daß ihr Verhältnis zu der jungen Frau ihres Vaters problematisch gewesen ist.

Mrs. Rucastle machte auf mich weder einen guten noch einen schlechten Eindruck. Sie ist farblos, aber ich sah auf den ersten Blick, daß sie ihrem Mann und ihrem kleinen Sohn fast abgöttisch zugetan ist. Ihre hellen, grauen Augen wandern unaufhörlich von einem zum anderen, um ihnen, wenn möglich, auch den kleinsten Wunsch schon von den Augen abzulesen.

Er ist immer sehr nett zu ihr, auf seine etwas lärmende Art; im großen und ganzen scheinen sie ein glückliches Paar zu sein.

Und doch muß diese Frau irgendein geheimer Kummer bedrücken, dachte ich bald. Sie war oft tief in ihre Gedanken verloren, und dann und wann zog ein unsagbar trauriger Ausdruck über ihr Gesicht. Mehr als einmal fand ich sie in Tränen aufgelöst. Manchmal dachte ich auch, daß vielleicht die Veranlagung ihres Kindes sie so bedrücke. Ich habe in meinem Leben nie ein so verzogenes und bösartiges kleines Wesen erlebt. Ich glaube, sein ganzes Leben besteht aus wilden Wutanfällen, die von längeren Trotzperioden abgelöst werden. Sein Hauptspaß ist es, Tiere, die sich nicht wehren können, zu quälen. Aber darüber möchte ich lieber nicht reden, Mr. Holmes, und es hat auch mit dieser Geschichte nichts zu tun.«

»Jede Einzelheit ist wertvoll«, erwiderte mein Freund, »ganz gleich, ob sie Ihnen wesentlich oder nebensächlich erscheint.«

»Ich werde versuchen, nichts Wichtiges auszulassen. Sehr unangenehm in diesem Haus sind die Dienstboten, ein Ehepaar. Toller, so heißt der Mann, ist ein grober Kerl mit struppigen Haaren. Er ist selten nüchtern, aber Mrs. Rucastle scheint das nicht zu stören. Tollers Frau ist groß und robust, und sie läuft immer mit einem griesgrämigen Gesicht herum. Kein sehr liebenswertes Paar, aber glücklicherweise bin ich ja meist im Kinderzimmer oder in meinen eigenen vier Wänden.

Die ersten Tage im Landhaus verliefen ruhig. Am dritten Tag kam Mrs. Rucastle nach dem Frühstück herunter und flüsterte ihrem Mann etwas ins Ohr.

›O ja‹, sagte er und wandte sich zu mir. ›Wir sind Ihnen sehr dankbar, Miß Hunter, daß Sie unseren Wünschen so weit entgegengekommen sind und Ihr Haar kurzgeschnitten haben. Ich darf Ihnen versichern, daß es Ihrer Erscheinung keinen Abbruch tut. Jetzt wollen wir einmal sehen, wie Ihnen das königsblaue Kleid steht. Es liegt in Ihrem Zimmer. Würden Sie es wohl anziehen?‹

Das Kleid war von einem ganz besonderen Blau. Der Stoff war wundervoll, obwohl sich nicht verkennen ließ, daß das Kleid schon getragen worden war. Es paßte mir, als sei es nach meinen Maßen geschneidert.

Mr. und Mrs. Rucastles Begeisterung schien mir beinahe übertrieben, als sie mich in dem Kleid sahen. Sie erwarteten mich im Salon, einem sehr großen Raum, der sich über die ganze Vorderfront des Hauses erstreckt und drei riesige, bis auf den Boden reichende Fenster hat. Vor dem mittleren Fenster stand ein Stuhl. Mr. Rucastle bat mich, dort Platz zu nehmen. Ich setzte mich mit dem Rücken zum Fenster und sah ins Zimmer, in dem Mr. Rucastle auf und ab ging und mir die komischsten Anekdoten erzählte, die ich je gehört habe. Er kann sehr komisch sein, und ich vergaß alles und lachte, bis ich ganz außer Atem war. Mrs. Rucastle verzog nicht einmal das Gesicht. Sie hielt die Hände im Schoß gefaltet und blickte mit traurigem, verängstigtem Gesicht vor sich hin. Nach einer Stunde etwa sagte Mr. Rucastle plötzlich, nun sei es an der Zeit, mit der Arbeit zu beginnen; ich sollte mich umziehen und zum kleinen Edward ins Kinderzimmer gehen.

Zwei Tage später wiederholte sich das gleiche. Ich zog mich wieder um, saß wieder vor dem Fenster, lachte wieder über seine komischen Geschichten, die er wirklich unwiderstehlich erzählt. Aber an diesem Tage gab er mir ein Buch in die Hand und rückte meinen Stuhl ein wenig zur Seite. Er bat mich, ihm etwas vorzulesen. Ich fing mitten in einem Kapitel an und las etwa zehn Minuten lang. Plötzlich unterbrach er mich, mitten in einem Satz, und schickte mich wieder nach oben.

Sie können sich vorstellen, Mr. Holmes, daß ich immer neugieriger wurde, was diese eigenartige Vorstellung zu bedeuten habe. Ich hatte beobachtet, wie sie immer peinlich darauf achteten, daß ich dabei niemals aus dem Fenster sehen konnte. Ich brannte darauf, zu erfahren, was dort, hinter meinem Rücken, vorging. Zuerst schien es unmöglich dahinterzukommen, aber dann fand ich einen Weg. Mein Handspiegel war zerbrochen, und ich versteckte eine Scherbe davon in meinem Taschentuch. Bei der nächsten Gelegenheit wischte ich mir mitten in meinem Gelächter mit dem Taschentuch über die Augen: Mit ein wenig Geschicklichkeit konnte ich so sehen, was hinter meinem Rücken vorging. Ich muß gestehen, daß ich wirklich sehr enttäuscht war: Denn es ging gar nichts vor.

Das zumindest war mein erster Eindruck, aber dann entdeckte ich, daß draußen auf der Landstraße ein Mann stand. Er war nicht sehr groß und trug einen grauen Anzug. Er schien in meine Richtung zu blicken. Er stand gegen den Zaun gelehnt, der das Feld von der Straße abgrenzt, und blickte unverwandt zum Haus. Als ich das Taschentuch wieder wegsteckte, bemerkte ich, daß Mrs. Rucastle mich scharf beobachtete. Sie sagte nichts, aber ich bin überzeugt, daß sie etwas von dem Spiegel in meiner Hand ahnte. Sie stand unvermittelt auf. ›Jephro‹, sagte sie, ›da draußen auf der Straße steht ein unverschämter Kerl und starrt Miß Hunter an.‹

›Ein Freund von Ihnen, Miß Hunter?‹ fragte er.

›Nein, ich kenne hier niemanden.‹

›Nicht zu glauben! Unverschämter Kerl!‹ Ich war aufgestanden und an das Fenster getreten, aber im gleichen Augenblick zog Mrs. Rucastle den Vorhang vor.

Das geschah vor einer Woche. Seit dieser Zeit habe ich nicht wieder am Fenster gesessen, noch hat man mich aufgefordert, das blaue Kleid zu tragen. Auch den Mann auf der Straße habe ich seither nicht mehr gesehen.«

»Weiter!« sagte Holmes nur.

»Ich fürchte, was ich jetzt noch zu erzählen habe, wird Ihnen etwas zusammenhanglos erscheinen. Vielleicht gibt es auch zwischen diesen Ereignissen gar keine Beziehung. Es war an meinem ersten Tag im Landhaus. Mr. Rucastle führte mich zu einem kleinen Schuppen neben dem Küchenausgang. Als wir herankamen, hörte ich Kettengerassel, so, als ob sich ein großes Tier im Schuppen bewegte.

Mr. Rucastle wies auf einen Spalt zwischen zwei Brettern. ›Ist das nicht ein Prachtkerl?‹ fragte er.

Ich kniff die Augen zusammen und blickte in zwei glühende Pupillen; undeutlich vermochte ich ein dunkles Etwas zu erkennen, das sich in einen Winkel gekauert hatte.

›Nur keine Angst‹, sagte er und lachte über den Schrecken, den er mir eingejagt hatte. ›Das ist Carlo, meine Dogge. Wenn ich meine sage, so stimmt das allerdings nicht ganz, in Wirklichkeit ist der alte Toller der einzige, der mit dem Hund umgehen kann. Er füttert ihn nur einmal am Tag, damit er scharf bleibt. Nachts läßt Toller den Hund frei, und Gott helfe dem Eindringling, der ihm dann vor die Zähne kommt. Ich warne Sie, Miß Hunter. Verlassen Sie um Himmels willen nie nachts allein das Haus, sonst ist es um Sie geschehen.‹

Daß diese Warnung berechtigt war, erkannte ich, als ich zwei Tage später einmal aus meinem Schlafzimmerfenster blickte. Es war gegen zwei Uhr morgens, eine wundervolle, helle Mondnacht. Ich war ganz verzaubert von dem Frieden und der Schönheit. Da bemerkte ich, daß sich im Schatten der Blutbuchen, die das Haus umgeben, etwas bewegte. Es schob sich vor ins Licht des Mondes, und dann sah ich, was es war: ein riesiger Hund, groß wie ein Kalb. Jeder einzelne Knochen zeichnete sich unter dem lohfarbenen Fell ab. Die Dogge trottete langsam über den Rasen und verschwand dann im Schatten des Hauses.

Und noch etwas ganz Eigenartiges, Mr. Holmes. Ich habe mir, wie Sie ja wissen, in London mein Haar schneiden lassen. Es lag, zu einem Zopf geflochten, in meinem Koffer. Eines Abends nun schaute ich mir die Möbel in meinem Zimmer genauer an und stellte ein paar Sachen um.

Im Zimmer stand eine alte Kommode. Die oberen zwei Schubladen waren leer, während die untere verschlossen war. Ich hatte in der Kommode meine Wäsche untergebracht, aber da der Platz nicht reichte, nahm ich mein Schlüsselbund und versuchte, auch die dritte aufzuschließen. Der Schlüssel paßte. Die Schublade war leer, bis auf einen Gegenstand – mein Zopf lag darin.

Ich nahm ihn heraus und sah ihn mir genau an. Es war die gleiche ungewöhnliche Farbe, aber dann kam mir zum Bewußtsein, daß es unmöglich mein Haar sein konnte. Mit bebenden Händen öffnete ich meinen Koffer und – zog meinen Zopf heraus. Ich legte sie beide nebeneinander. Ich kann Ihnen versichern, sie waren nicht auseinanderzuhalten. So sehr ich mir auch den Kopf zerbrach, ich konnte mir keinen Vers darauf machen.

Ich legte den Zopf in die Schublade zurück und sagte den Rucastles nichts von meiner Entdeckung.
Ich habe eine gute Beobachtungsgabe, Mr. Holmes, und bald hatte ich den ganzen Grundriß des Hauses im Kopf. Ein Flügel schien überhaupt nicht bewohnt zu sein. Die Tür, die zu diesem Flügel führt, liegt genau gegenüber dem Eingang zu Tollers Wohnung, und sie ist immer verschlossen. Eines Tages aber, als ich die Treppe herunterkam, traf ich Mr. Rucastle, wie er eben aus dieser Tür kam. Er trug ein Schlüsselbund bei sich, und als er mich sah, hatte sein Gesicht plötzlich nicht mehr den jovialen, gutmütigen Ausdruck. Die Wangen waren gerötet, er runzelte wütend die Brauen, und an seinen Schläfen zeichneten sich dicke Adern ab. Er verschloß die Tür hinter sich und ging schweigend an mir vorbei, ohne auch nur aufzublicken.
Meine Neugier war geweckt. Als ich mit meinem Zögling einen Spaziergang machte, schaute ich mir die vier Fenster des geheimnisvollen Flügels von außen an. Drei von ihnen waren blind vor Schmutz, und am vierten waren die Läden vorgelegt. Als ich auf und ab ging und gelegentlich immer einen Blick darauf warf, kam Mr. Rucastle zu mir heraus, fröhlich und liebenswürdig wie eh und je.
›Bitte‹, sagte er, ›halten Sie mich nicht für unhöflich, weil ich ohne ein Wort an Ihnen vorbeiging, ich habe den Kopf voll von geschäftlichen Dingen.‹
Ich versicherte ihm, daß ich nicht gekränkt sei. ›Wie ich sehe‹, sagte ich dann, ›haben Sie in Ihrem Haus noch eine ganze Reihe unbenutzter Räume.‹
›Ich habe mir dort eine Dunkelkammer eingerichtet‹, sagte er. ›Fotografieren ist mein Hobby. – Wirklich! Was ist uns da für eine aufmerksame junge Dame ins Haus geschneit! Wer hätte das gedacht?‹ Sein Ton war scherzhaft, aber seine Augen, die er fest auf mich richtete, waren es keineswegs. Ich erkannte Mißtrauen in ihnen.
Von diesem Augenblick an, Mr. Holmes, hatte ich nur noch einen Gedanken: zu erfahren, was mit diesem Zimmer los war. Es war

nicht nur Neugier, eher das Gefühl einer Pflicht – ein Gefühl, als könnte ich etwas zum Guten wenden, wenn ich in das Geheimnis dieser Räume eindränge.

Man spricht gern vom Instinkt der Frau; vielleicht war es dieser Instinkt, der mir meinen Wunsch eingab. Wie dem auch sei, ich suchte seither nach einer Chance, die verbotene Tür doch noch einmal offen zu finden.

Diese Chance bot sich mir gestern. Dazu muß ich noch sagen, daß auch Toller und seine Frau zu diesen Räumen Zutritt haben. Gestern nun sah ich, wie Toller mit einer großen schwarzen Stofftasche durch die Tür ging. In der letzten Zeit hat er besonders viel getrunken, und gestern abend war er völlig blau. Ich war auf dem Weg zu meinem Zimmer, und da sah ich, daß der Schlüssel außen im Schloß steckte; er mußte vergessen haben, ihn abzuziehen. Mr. und Mrs. Rucastle waren beide unten, auch das Kind war bei ihnen. Ich hatte meine Chance. Leise drehte ich den Schlüssel im Schloß und öffnete die Tür.

Vor mir lag ein schmaler, enger Gang, der nach rechts abbog. Als ich um die Ecke kam, sah ich drei Türen. Zwei standen offen, und die Räume dahinter waren leer und verstaubt. Die mittlere Tür war verschlossen. Und nicht nur das, sie war mit breiten Eisenstangen verbarrikadiert. Dieser Raum gehörte eindeutig zu dem Fenster, dessen Läden zugeschlagen waren. Unten durch die Türritze fiel ein schwacher Lichtschein auf den Gang, das Zimmer mußte also noch ein Oberlicht haben. Wie ich dort stand und auf die Tür starrte und mich fragte, was für ein Geheimnis dahinter verborgen sein könnte, hörte ich plötzlich Schritte. Sie kamen aus dem Zimmer. Und dann sah ich auch einen Schatten auf und ab gehen, deutlich zu erkennen durch das Licht, das unter der Tür durchschien.

Da packte mich Entsetzen. Plötzlich war es mit meiner Fassung vorbei. Ich drehte mich um und rannte – rannte den Gang zurück, als ob der Teufel selbst hinter mir her wäre.

Ich stürzte zur Tür hinaus und geradeswegs in die Arme von Mr. Rucastle.

›So!‹ Er sagte es mit einem Lächeln. ›So, das dachte ich mir schon, als ich die Tür offenstehen sah.‹

›Mein Gott, haben Sie mich erschreckt‹, sagte ich leise.

›Aber, aber – meine liebe junge Dame!‹ Sie können sich nicht vorstellen, wie liebevoll und beruhigend er auf mich einsprach. ›Was hat Sie denn eigentlich so erschreckt?‹

Aber seine Stimme klang zu besorgt. Er übertrieb es. Ich war plötzlich gewarnt. ›Ich war so dumm und verirrte mich in diesen unbewohnten Flügel‹, sagte ich. ›Es war unheimlich in der Dunkelheit. Es ist so entsetzlich still dort.‹

›Das ist alles?‹ Er blickte mich prüfend an.

›Wieso, was meinen Sie?‹ fragte ich.

›Weshalb, glauben Sie, verschließe ich diese Tür wohl?‹

›Das weiß ich nicht.‹

›Um die Leute herauszuhalten, die dort nichts zu suchen haben!‹ Er lächelte noch immer. ›Verstehen Sie?‹

›Wenn ich das gewußt hätte . . .‹

›Jetzt wissen Sie's. Und wenn Sie je wieder Ihren Fuß über diese Schwelle setzen . . .‹ Im Bruchteil einer Sekunde erstarrte das Lächeln in seinem Gesicht zu einer bösen Grimasse. ›Dann hetze ich einfach die Dogge auf Sie!‹

Ich weiß nicht mehr, was ich tat, so erschüttert war ich. Ich nehme an, daß ich in mein Zimmer gestürzt bin. Als ich wieder zu mir kam, lag ich auf meinem Bett. Ich zitterte am ganzen Körper. Und dann dachte ich an Sie, Mr. Holmes. So konnte ich nicht mehr weiterleben. Ich fürchtete mich vor dem Haus, dem Mann, der Frau, dem Dienerehepaar und selbst vor dem Kind. Sicher, ich hätte einfach weglaufen können, aber meine Neugier war stärker als meine Angst. Ich entschloß mich, Ihnen zu telegrafieren. Ich zog mich an und ging zur Post. Als ich zurückkam, packte mich das Grauen noch einmal, denn ich fürchtete, der Hund könnte los sein. Aber ich kam sicher ins Haus. Ich lag die halbe Nacht wach bei dem Gedanken, daß Sie morgen hier sein würden. Heute morgen bekam ich ohne Schwierigkeiten frei, um nach Winchester zu fahren, aber ich muß vor drei Uhr zurück sein.

Mr. und Mrs. Rucastle wollen einen Besuch machen, und ich muß mich um das Kind kümmern, weil sie bis zum Abend wegbleiben. Jetzt habe ich Ihnen alles erzählt, Mr. Holmes. Können Sie mir sagen, was das alles bedeutet und was ich tun soll?«

Holmes und ich hatten dieser Geschichte fasziniert zugehört. Mein Freund erhob sich jetzt und schritt, die Hände in den Taschen, im Zimmer auf und ab. Sein Gesicht wurde immer ernster.

»Was ist mit Toller?« fragte er dann. »Ist er noch betrunken?«

»Ja.«

»Das paßt gut. Sagen Sie, gibt es im Haus einen Keller mit einem stabilen Schloß?«

»Ja, den Weinkeller.«

»Sie haben sich äußerst mutig und vernünftig benommen, Miß Hunter. Haben Sie noch die Courage zu einer letzten Tat? Ich würde Sie nicht darum bitten, wenn ich Sie nicht für eine ganz außergewöhnliche Frau hielte.«

»Ich will es versuchen. Was wäre es denn?«

»Wir werden gegen sieben Uhr draußen bei Ihnen auftauchen, mein Freund und ich. Die Rucastles werden dann weg sein, und Toller wird hoffentlich noch seinen Rausch ausschlafen. Es bleibt also nur Mrs. Toller. Wenn Sie die mit einem Auftrag in den Keller schicken und sie dann dort einsperren könnten, das würde die Sache für uns erheblich vereinfachen.«

»Das will ich gern tun.«

»Großartig! Nun zu Ihrer Frage. Es gibt für mich jetzt nur noch eine Erklärung: Sie, Miß Hunter, sind als Erzieherin engagiert worden, um eine bestimmte Person darzustellen, eine Person, die in Wirklichkeit in diesem verschlossenen Raum gefangengehalten wird. Das liegt auf der Hand. Und nun die andere Frage, wer diese Gefangene ist – ich bin davon überzeugt, daß es sich um Miß Alice Rucastle handelt, die Tochter, die angeblich nach Amerika gefahren sein soll. Sie wurden zweifellos nur ausgewählt, weil Sie ihr in Größe, Figur und sogar in der Farbe des Haares ähneln. Sie trug ihr Haar kurz, vielleicht nach einer schweren Krankheit, und deshalb mußten auch Sie das Ihre opfern.

Der Mann auf der Straße – es muß ein Freund von ihr gewesen sein, ihr Verlobter möglicherweise. Da Sie das Kleid des Mädchens trugen und ihr so ähnlich waren, mußte Ihr Lachen ihn überzeugen, daß Miß Alice Rucastle keinen Wert mehr auf seine Aufmerksamkeiten legt und auch ohne ihn durchaus glücklich ist. Nachts wird der Hund losgelassen, um es ihm unmöglich zu machen, sich mit ihr in Verbindung zu setzen. Das ist mir ganz klar, der Punkt, der mich in diesem Fall bedenklich und ernst stimmt, ist die Veranlagung des Kindes.«

»Das Kind? Was in aller Welt hat das Kind damit zu tun?« rief ich aus.

»Mein lieber Watson, als Arzt müßtest du doch eigentlich Tag für Tag die Erfahrung machen, daß du über die Anlagen eines Kindes am ehestens etwas erfahren kannst, wenn du dich über die Eltern informierst. Umgekehrt habe ich häufig die ersten Erkenntnisse über den Charakter eines Elternpaares durch das Studium ihrer Kinder gewonnen. Dieses Kind ist anomal grausam veranlagt, grausam nur um der Grausamkeit willen. Ob es das nun von seinem liebenswerten Papa, wie ich annehmen möchte, oder aber von der Mama geerbt hat – es bedeutet in jedem Fall Schlimmes für das arme Mädchen, das in ihrer Macht ist.«

»Ich bin ganz sicher, daß Sie recht haben, Mr. Holmes«, rief unsere Klientin. »Tausend Dinge fallen mir jetzt ein, die Ihre Vermutung bestätigen. Mein Gott, wir dürfen keine Sekunde verlieren, diesem Mädchen zu Hilfe zu kommen.«

»Wir müssen vorsichtig sein! Wir haben es mit einem zu allem entschlossenen Mann zu tun. Vor sieben Uhr können wir gar nichts unternehmen. Wir werden pünktlich bei Ihnen sein.«

Punkt sieben standen wir vor dem einsamen Landhaus. Die Blutbuchen, deren dunkle Blätter im Schein der untergehenden Sonne wie aus Kupfer glänzten, hätten uns bestätigt, daß wir vor der rechten Tür waren, auch wenn Miß Hunter uns nicht auf der Treppe erwartet hätte.

»Alles in Ordnung?« fragte Holmes.

Aus der Tiefe des Hauses kam ein dumpfes, polterndes Geräusch.
»Das ist Mrs. Toller«, sagte das Fräulein. »Ihr Mann liegt schnarchend in der Küche. Hier sind seine Schlüssel.«
»Das haben Sie wirklich großartig gemacht!« rief Holmes begeistert aus. »Jetzt zeigen Sie uns bitte den Weg.«
Wir stiegen die Treppe hinauf, schlossen auf und standen dann vor der verrammelten Tür. Holmes schob den Eisenbalken weg. Dann probierte er verschiedene Schlüssel, aber keiner paßte. Hinter der Tür war kein Laut zu hören. Je drückender die Stille wurde, desto düsterer wurde Holmes' Gesicht.
»Ich hoffe, wir kommen nicht zu spät«, sagte er. »Ich glaube, wir gehen besser ohne Sie hinein, Miß Hunter. Komm, Watson, wir müssen die Tür aufbrechen, anders wird es nicht gehen.«
Die Tür war alt und morsch, und mit vereinten Kräften drückten wir sie ein. Zusammen stürzten wir ins Zimmer. Es war leer. Nur ein schmales Feldbett und einen kleinen Tisch sahen wir darin. Das Oberlicht stand weit auf, und die Gefangene war fort.
»Dieser Teufel hat etwas geahnt«, sagte Holmes, »und sein Opfer weggebracht.«
»Aber wie nur?«
»Das werden wir gleich wissen.« Holmes zog sich durch das Oberlicht zum Dach hinauf. »Ah ja«, rief er, »hier steht die Leiter. So ging das also vor sich.«
»Als die Rucastles weggingen, stand die Leiter noch nicht da«, sagte Miß Hunter.
»Er ist zurückgekommen. Er ist klug, klug und gefährlich. Es würde mich nicht überraschen, wenn das seine Schritte wären, die ich auf der Treppe höre. – Watson, du solltest deine Pistole schußbereit halten!«
Er hatte kaum ausgesprochen, als schon ein Mann in der Tür erschien. Er trug einen schweren Knüppel in der Hand. Miß Hunter schrie auf und kauerte sich in eine Ecke, als sie Rucastle erkannte.
Sherlock Holmes trat dem Mann entgegen. »Wo ist Ihre Tochter?« fragte er.

Der fette, untersetzte Mann ließ seine Augen unruhig durch den Raum wandern. Dann blickte er zu dem offenstehenden Oberlicht hinaur. Plötzlich drehte er sich schnell um, rannte den Gang zurück und die Treppe hinunter.

»Er holt den Hund!« schrie Miß Hunter.

Wir eilten hinter ihm her die Treppe hinab. Noch waren wir nicht am Eingang angelangt, als wir auch schon das Hundegebell hörten. Und dann folgte ein Schrei voller Todesangst, daß wir erstarrten.

Ein älterer Mann taumelte mit hochrotem Gesicht und zitternden Gliedern aus einer Tür. Es war Toller.

»Mein Gott!« schrie er. »Jemand hat den Hund losgelassen, und er hat seit zwei Tagen nichts mehr gefressen. Schnell, schnell, sonst ist es zu spät!«

Holmes und ich stürzten hinaus. Toller torkelte hinter uns her. Die ausgehungerte riesige Dogge hatte sich in Rucastles Hals verbissen. Er lag auf dem Boden, das Tier hing über ihm. Er schlug um sich und stieß erstickte Schreie aus.

Ich zog meine Waffe. Ich zielte auf den Kopf des Tieres. Der Hund brach zusammen.

Es war eine grausige Arbeit, bis wir sie getrennt hatten. Schließlich konnten wir den noch lebenden, aber entsetzlich zugerichteten Mann ins Haus schaffen. Wir betteten ihn im Salon auf das Sofa, und ich verband ihn. Dann schickten wir den jetzt vollkommen nüchernen Toller nach seiner Frau. Ein paar Minuten später öffnete sich die Tür, und eine große, hagere Frau kam herein. Sie ging ohne zu zögern auf Miß Hunter zu.

»Oh, Miß«, sagte sie, »warum verrieten Sie nicht, was Sie vorhatten! Ich hätte Ihnen sagen können, daß Sie zu spät kommen würden.«

Holmes blickte sie scharf an. »Mrs. Toller weiß demnach mehr über diese Angelegenheit?«

»Ja, Sir, und was ich weiß, will ich Ihnen gern erzählen.«

»Dann nehmen Sie Platz. Ich muß gestehen, verschiedene Punkte sind auch mir noch unklar geblieben.«

»Miß Alice«, begann die Frau, »war von dem Tag an, als ihr Vater zum zweitenmal heiratete, keine Stunde mehr glücklich in diesem Haus. Sie wurde nur noch geduldet. Keinen Mucks durfte sie mehr tun. Aber wirklich schlimm wurde es erst, nachdem sie bei Freunden Mr. Fowler kennengelernt hatte. Soviel ich weiß, hatte Miß Alice von ihrer Mutter einen Teil des Vermögens geerbt, aber diskret und sorglos, wie sie war, hat sie nie ein Wort darüber verloren und alle Entscheidungen ihrem Vater überlassen. Er wußte, daß er von ihr nichts zu befürchten hatte, aber als plötzlich ein zukünftiger Ehemann auftauchte, der vielleicht das Erbe beanspruchen könnte, hielt der Vater den Zeitpunkt für gekommen, reinen Tisch zu machen. Alice sollte eine Verzichterklärung unterschreiben, daß ihr Vater über das Geld verfügen könne, ob sie nun heiratete oder nicht. Als sie nicht zustimmte, quälte er sie so lange, bis sie krank wurde; sie bekam eine schwere Hirnhautentzündung. Sechs Wochen lang schwebte sie in Todesgefahr. Endlich ging es ihr besser, aber sie war nur noch ein Schatten ihrer selbst. Der junge Mann ließ sich durch nichts beirren. Was auch geschah, er hielt zu ihr.«

»Ich glaube, nun sehe ich ziemlich klar«, sagte Holmes. »Mr. Rucastle hielt sie seither gefangen?«

»Ja, Sir.«

»Und engagierte Miß Hunter aus London, um diesen unangenehm hartnäckigen Mr. Fowler loszuwerden.«

»Ja, so war es, Sir.«

»Aber Mr. Fowler ließ sich so leicht nicht abschütteln. Er beobachtete das Haus, und schließlich wandte er sich an Sie, Mrs. Toller. Er überzeugte Sie, mit recht annehmbaren Argumenten, daß Ihre Interessen auch die seinen seien.«

»Mr. Fowler war ein sehr nobler, sehr freigebiger Herr«, sagte Mrs. Toller zurückhaltend.

»Und auf diese Weise sorgte er dafür, daß Ihrem guten Mann der Alkohol nie ausging und daß für ihn eine Leiter bereitstand, und zwar zu einer Zeit, in der die Familie Rucastle nicht zu Hause war.«

»So ging es vor sich, Sir.«

»Vielen Dank«, sagte Holmes. »Und hier kommt der Arzt mit Mrs. Rucastle – Watson, ich glaube, wir begleiten am besten Miß Hunter nach Winchester zurück.«

Das Geheimnis des düsteren Hauses bei den Blutbuchen war gelöst. Mr. Rucastle starb nicht an den Bissen des Hundes, aber von dieser Stunde an war er ein gebrochener Mann; nur die aufopfernde Pflege seiner Frau hielt ihn am Leben.

Mr. Fowler und Miß Alice Rucastle wurden nach ihrer Flucht in Southampton getraut.

Was aber Miß Violet Hunter betrifft: Zu meiner nicht geringen Enttäuschung muß ich gestehen, daß mein Freund Holmes von dem Augenblick an, da sie nicht mehr im Mittelpunkt eines Falles stand, jegliches weitere Interesse an ihr verlor. Sie leitet jetzt eine Privatschule in Walsall. Wie ich hörte, ist sie eine erfolgreiche Pädagogin.

Inhalt

Conan Doyle

Die brasilianische Katze

Ullstein Buch 2779

Neben den Sherlock-Holmes-Romanen nehmen Kriminalgeschichten im Werk Sir Arthur Conan Doyles einen wichtigen Platz ein. Nicht nur das kriminalistische Moment hat in ihnen Gewicht, auch das Unheimliche, Geheimnisvolle und selbst das Übernatürliche spielt eine Rolle. Auch hier beweist der Autor seine großartige Fähigkeit, den Leser zu packen und zu fesseln. The Times Literary Supplement schrieb über ihn: »Er ist ein Meister seiner Kunst. Er versteht seine Leser, und wir huldigen einem unübertrefflichen Erzähler.«

ein Ullstein Buch

Raymond Chandler

Einer weiß mehr

Ullstein Krimi 10025

Es ist gewiß kein leichter Auftrag, den der bewährte Privatdetektiv Philip Marlowe übernehmen soll. Ein in El Paso aufgegebenes Telegramm war das letzte Lebenszeichen, das Derace Kingsley von Crystal, seiner ihm entfremdeten jungen Frau, erhielt. Sie ließ ihn wissen, daß sie mit Chris Lavery – einem notorischen Frauenhelden – nach Mexiko reise, um dort die Scheidung zu erlangen und Chris zu heiraten. Das war vor vier Wochen. Der inzwischen nach Bay City zurückgekehrte Lavery behauptet indes, nie mit Crystal Kingley in Mexiko gewesen zu sein ... Weiß Lavery mehr?

Ullstein Krimi